梅花落

常瑞芳 · 著

Mei Hua Luo

百花洲文艺出版社

图书在版编目（CIP）数据

梅花落 / 常瑞芳著. -- 南昌：百花洲文艺出版社，
2023.5
ISBN 978-7-5500-4846-1

Ⅰ．①梅… Ⅱ．①常… Ⅲ．①诗集-中国-当代
Ⅳ．①I227

中国版本图书馆 CIP 数据核字（2022）第 227669 号

梅花落　常瑞芳　著
MEIHUA LUO

责任编辑　杨　旭
特约编辑　张立云
装帧设计　云上雅集
出　版　者　百花洲文艺出版社
社　　址　南昌市红谷滩新区世贸路 898 号博能中心一期 A 座 20 楼
电　　话　0791-86895108(发行热线)0791-86894717(编辑热线)
邮　　编　330038
经　　销　全国新华书店
印　　刷　长沙市精宏印务有限公司
开　　本　889 毫米×1194 毫米　　1/16
印　　张　17.5
版　　次　2023 年 5 月第 1 版第 1 次印刷
字　　数　200 千字
书　　号　ISBN 978-7-5500-4846-1
定　　价　89.00 元

赣版权登字　05-2023-93

网　　址　http://www.bhzwy.com
图书若有印装错误,影响阅读,可向承印厂联系调换

自 序

◎常瑞芳

我学写诗已有些年头了。

受唐诗宋词旖旎绝句的指引，又在激情澎湃的风月里背诵了许多近现代诗，年少时，照猫画虎，好写几句诗，叹息光阴易逝，当年同事好友将拙作《绿韵》抄录压在书桌的玻璃板下，而我自己喜欢的一首是《河床》。现在看来都略显稚嫩，多是为赋新词强说愁的小我慨叹罢了。

大约是1984年的夏季吧，不到二十岁，我跟随当代著名作家萧军和时任湖南省文联副主席、省作协主席未央和湖南省文联副主席、省作协副主席谢璞等老师们畅游目平湖。在坊间，我带着几分胆怯几分羞涩，问未央老师："我没有谈过恋爱，怎么写爱情诗啊？"这是一个版本，还有几个版本，但大体意思一致。多年后，我已经是省报刊的责任编辑，有次，谢璞老师于席间提及，未央老师也没有不认。我自己是没有印象的，但我对文学先辈们的崇敬之情是最真实的。如此，有段时间作为娱乐话题，总是能博众人一笑。可见，当年的幼稚。文学作品的写作大都是作者主观意图的表现，年轻时幼稚的问题表达了一种观念，诗歌更多的是一种自我情感的宣泄。

常言道："文如其人"。显然，我们所写作品无不烙上个人的情感和世界观。作为写作者，有着正直向善的美好情怀，才能写出更为思想深刻的文字。灵光一现提笔写作时，必定是有某一件事或是某一句话触及你敏锐的神经，笔下的文字有着浓烈的、跳跃性的情感色彩。只有触及灵魂，才能进而剖析人的内心世界与内在冲突，才能引起读者情感上的共鸣。

其实，我并不算真正的诗人，尽管因为喜爱读书和写诗，从而改变了自己的命运，由工人转身做了报刊的编辑记者，但为稻粱谋，发表文字多是新闻通讯报道方面的作品，后来剧本和戏剧评论又占了主体，关于写诗，自己充其量只是一个爱好者而已。

在世俗生活中，我们难免遭遇压抑时刻，当苦闷无解时，手之舞之足之蹈之，都不足以宽怀，诗歌的文字表达便流于笔端。这些年来，自己陆续写了一点诗，有些发表于各大报刊并被转载，有些被搁置书案，有些被遗失在时间的海里。我所写的，大多是即兴之作，有时在生活中遇到冷漠看客，提笔写一些个人看法，如《如果有人在场》。有时站在街边，内心激情澎湃，思绪便策马奔腾，我写下组诗《你不见风在那里推窗》等。再如，某一文化集团办公楼与酒店同在一栋楼，但结构不一，中间有一层为半层，在电梯间的指示牌上为"六层半"，乍一看这个楼层名字，便给我一种无法言说的意味，我将那一瞬的触动在地铁上用手机写下来。集腋成裘，便有了一些诗作存档。

前些年，湖南诗坛较为活跃，相继成立了多个诗社或诗词学会，活动也颇多，我被拉进好几个微信群。有时，大家会以一物或是一景来作同题诗，如收录在诗集中以《春天，河边》《一亩白云》《雪》《秋英》《抹布》《一杯水》等为题的作品。有一天，有人跟我说，你的诗是先锋写作。这种评价吓了我一大跳。静心想一想，这可能与我在上海戏剧学院进修有关系，国外的荒诞戏剧和先锋戏剧对我影响颇大。

诗以美感为基础，根植于民间，要求诗人必须有开阔的眼界和豁达的胸襟。诗歌是个体生命内存系统与外在秩序相统一的超然状态的表述，是直逼生命本质的、结合世间万物的一种精神探寻，揭示在日常生活中，都能见到而常常被我们忽视的东西。诗歌以独特的语言风格，给人以强烈的冲击和痛感，若是能够激起大众的强烈情感体验，便可算佳作。

好作品需要时间的检验，人生的历练，持之以恒的探寻，更需要有爆发力。想说的话很多，对于诗歌创作，我一直在路上。借用我国著名思想家梁漱溟先生的话来勉励自己吧："一切文学美术意趣高妙深醇者，即达于心之高深处。"

2022 年 7 月

目 录

第三辑 花 蕊

第四辑 放 逐

第五辑　虚　拟

第六辑　熏　香

第七辑　烟　雨

第八辑 半 亩

第九辑 荏 苒

MEI
HUA
LUO

梅
花
落

第
一
辑　DIYIJI

泗
渡

◉

水中的倒影
——幻影七章

一只笼子在寻找一只鸟

——卡夫卡

一

爱所有人　不如爱自己
那个最后的美少年纳西索斯
图像时代的今天　谁羽化为水仙花
朝生夕死　阅后即焚
我丑陋我是秃驴我不说话

在社交媒体横行的当下　一键滤镜
一键美颜　自拍的装腔作势
朋友圈的点赞　业界的捣捣鼓鼓
自我膨胀自我繁华
潜在歌颂时代诙谐地到来了

二

人类的镜像情结　流动的异度空间
蒙混红尘的两种明月　时之门开启
资本利诱　学术抄袭　只要开心就好
敦煌壁画你我见过　却从未走出过洞穴
咏者的献祭烛照了冥冥中行走的众生

我还是做一只蝉虫吧
廿七年的蛰伏生长　即便蝉蜕于
麻姑舞凤之地　终羽化成蝶
一个夏季只鸣一曲　蝉声
从草尖掠过树梢　蝉唱如梵音

三

灯红酒绿与歌舞升平带给我的
从来都是短暂的　战栗的　昏厥的
在烟花与霓彩里倾斜　它的魔幻性
如同雪白而纯洁的可卡因
使精神不得不在迷惑中倒向依赖

与卡夫卡的不期而遇是痛苦而痉挛的
那个正在下陷的谎言和幻想的泥淖
勾勒出现实残酷又妩媚的模样
与世界的对峙　妥协与融和　或
还是保持一种距离一种忍耐

四

不要执着不要走进那座庭院

荒诞生活　他的现实就是他的思想
你所有的言语都是鹦鹉学舌
不辩驳　的确难以餍服人心
你所看到的正是我们所经历的

从沟渠浊流到山涧清泓
九寨沟的水并不欠我们一个倒影
在高原在山谷碧蓝的天空下　或
高楼耸立的街道　在汽车尾气浮动的地方
我们硬生生地欠大自然一个解释

五

我知道大地上每一株野草与树苗
都有自己的名字　体型　容貌与梦想
它们在向地下延伸的同时　也向往
天空的辽阔　自由的雨水
有一些愿望行走在月光下或朝露里

有谁记录着这一切哩　有许多的
历程或你不熟知的思想并不写在履历里
一个事物是另一个事物的影子
必须擦亮死亡天使降临时留下的
第二只眼睛　才能洞察阳光里的阴霾

六

如果没有意外　那些无效的传奇
继续反对我写下的这些隐晦的镜像
在贫乏的堆砌中　一座并不发光的金字塔

不能正视自己的内心　如同
不愿在水银镜前注视自己沧桑的脸

曾经幻想要爱自己更多一些
顾影自怜
那个不真实的自己　我知道
甚至是丑陋的　人群所有的缺点
在最隐秘的地方和最卑微的位置发光

七

谁和我们心意相通　万物吗
如若没有拯救世界的希望
我绝不萌发俘获你的念头
即便沉溺爱情又死于其中
我与你的关系是不可更改的

面对日益推崇亚历山大的惯性思维
保持一种独立　采菊东篱下
或从狡猾的小我中抽出身体
回返一种现实的真实与自明状态　哪怕
流星仅仅是在内心短暂地滑过

在一朵云下躲雨

一

白的太阳倒骑鸵鸟行游天边

扯来一姹紫云　欲遮掩满腹心事

那个早已经荒废了的名字

一支鹅毛笔天马行空泄露了全部天机

我的心仍被禁足着　四处突围

天空却下起了太阳雨　类似夏凉

瞬间剑雨灰帘　没有一方土地不被侵蚀

我在一朵云下躲雨

躲避了一辈子　雨是不是很伤心

我就这般在雨中远眺嫣红的太阳

你知道的　一把伞无法遮挡斜雨

又奈何于泥泞的途中濯足

天若怜惜　可教我

在雨中行走如何能独善其身

淋湿了衣裳也淋湿了眼眶

一只淋湿的雏鸟站在枝头

就像乌鸦蹲在自己的黑暗里
泪水混合着雨水　有的呛入体内
有的混入泥土偷觑芭蕉摇曳生姿

太阳雨终究还是星星点灯
酷热的夏天夹裹着温情的水
只是轻抚了鸟的羽毛　那个渴望仍然
捂着　宛如犹抱琵琶半遮面的女子
有些心事从未敢对人言　有时候
更渴望着倾雨闪电　撕裂眼前这
燥热的灰霾　洗涤那些不可未知的侵袭
即便头顶一片漆黑　六月飞雪也罢
仰脸朝天任凭雨打风吹去

二

你不能贬责　一边骄阳一边雨
一朵云聚拢的情绪抹黑天空
悲鸣地低吼碾过风中的树枝
每一滴眼泪都有它的来处
每一次伤痛都写着涅槃重生
冬日里干枯的河床灭绝所有的
绿叶根茎　瞬间绽放另一种景观
纵然如此　没有人听从蛇的忠告
即便你拥有特定的信仰

太阳照在目平湖上
芦苇荡里一群野鹤溪边戏水
朵朵白云流浪　植入原野的荒骨

为了忘却　我蒙蔽了双眼

听随花瓣的歌谣

一半蝴蝶一半雨

将梦想托付给天边的彩虹

沉重的脚步于红尘客栈游走

一点点声息的回响也没有

就这样苍老了

黄河之水折了腰　高山滑倒

带着素不知来处的气息与癫狂

拔地崛起　成为瀑布深潭的日常

你在彼岸的黄坡青草地

遭遇到又一场突如其来的白雨

奔跑在云端　幻想着一片桃林

还幻梦着鲲鹏撑开羽翼的伞

倘若没有梦想　又何必期待秋天

生活如此　大可不必端着

三

曾几何时　一朵白云的变迁渲染的沉疴

那个柳树下手折柳枝的少女

孤单地于断崖处呆望着山那边的霓彩

旋转的舞蹈　被说成是茅草屋上的一缕炊烟

只该属于蒲草或木马　昨天或今天

总之不属于天空中飞翔的雁阵

不属于生长在牛粪上的牡丹

丑小鸭灰姑娘都是皇帝的新衣

哪一朵云下都暴雨恣意肆无忌惮

许多人不以为然　青苗的泣血
与喜怒无常的风无关
为何看不到乌云的飘移
一朵云演绎的响雷
不足以唤醒那个贪婪的人
剑雨密集地挤在一起　穿山过石
沦陷的城池里上演狂犬病的故事
新翻垦的黄土地啊就这般变了质

然而　我了解每个暴雨过后的吮吸
泥土地上拔节的麦苗咔咔声响
天边升腾的彩云与缕缕清凉的风
一滴远古的甘露催生嫩牙的供奉
行径的笛箫在青山碧野流经
你的赤足遍就每一个梦想　追逐
向一朵云索要太阳的拂照
祈祷　大多时候我们都这样
向着天空抬高自己的目光

四

当人们醒自某个雨后的清晨
彩虹犹然悬卧在颤抖的睫毛上
霞光又爬上嫩绿的窗台
雏燕的呢喃便在屋檐唱响
若向时光抛洒一掬纯净的甘泉
夭柔的绿便在初春吐露嫩红的花蕊
飞翔的梅花鹿见证了飞蛾扑火的纯粹
田野上　有你　有我　有花开遍畴

又如何没有那天际的一抹霞光

当我从泥泞的土垣跨越沟渠
像堂吉诃德举起了风中的矛
又像一条鱼游进深海水域
时间就这样晃悠着一双红魔鞋
一面是铜锣　一面是皮鼓
不觉泥土新　远山绿几重
甚至像爱情　在眼前溜达来溜达去
姹紫嫣红于岁月的河流飞扬
不再在风雨交汇处毫不掩饰地悲戚

我见闻过风尘跋扈的马蹄与嘶鸣声
也曾揶揄乌龟与兔子的赛事
讥讽矮松与黄山的并肩　请原谅
年轻的心结开解于一边太阳一边雨
不敢忘怀的青涩　因为悸动
在雨季里哭泣　又在雪地里窃笑
以予之矛刺痛予之盾　匍匐前行
在一朵云下你我相遇
历经风雨的心该是坦阔无私

梅花落

其实我早已司空见惯
视野之内填满飞扬跋扈的战马
天空之上是飞舞的权杖　甚至
每一条行走的道路上都锣鼓喧天　竖着
大写的回避　给一点洪水就泛滥的
和坤　以表面的相似性获得炫耀的
勋章　一串又一串震撼人心的数字
从惊悚尖叫到一声叹息
高铁爱情故事强行闯入大众眼眶
像一场风雪催开的梅花落入泥泞
仅仅由于一把雨伞的丢失　或因狂风
地上的落叶就成群魔乱舞　我们都忘了
风的自由没有边际

蒲公英

它有着别人为她起的名字
蒲公英　约定俗成
我仔细端详它的外貌
黄土地上的雕塑　即彼非此
它或许有着不为人知的
秘密　串穿一生
想与它来一场旷世对话
同一世界　不同形态
一阵风吹草低
碧蓝天空雪花飞絮
将自己完全碾碎了
自由撒播你的春秋事
我似乎懂了追逐中的你
你懂得我吗

谁会在上帝身旁寻觅你的灵魂

"别人都在钓鱼　你却在钓你自己　"

——聂鲁达

一

乌云笼罩的不仅仅是心情

暴雨淋湿的身体在泥泞的路上盲走

水漫了金山　终究绕不过去的法海

纸扎的风筝能否戳破一朵云

曙光照在桑干河上

一座断壁残垣的古城　除了怀旧

不可能去关注一株无人认领的野草

几度枯荣　几度繁华　甚至

老木屋的缝隙　黎明照亮了蜘蛛网上的蝇

时光还是时光　只是没了现实的你我

二

没有你我　雨幕江南　一样的风急

摇撼树干为盛夏呐喊

树干与树干之间的重叠　像老翁

漏风的嘴　谁都不懂谁的癫狂

哪怕树叶以最卑微的方式自绝

世上所有的消亡大约都隐于泥土　败于时光

不管雀鸦是否筑巢　不管银杏满枝头

斜雨漏过绿叶的裂缝　像极了淅沥淅沥的心

那在山岗飘扬的猎猎旌旗　包括

闪烁在云朵上的霞光　星星与欲望

三

或许我们从未憧憬　或许

也并不真正了解有关欲望的本身

欲望总是活在某种被压抑中　膨胀

那些举起的酒杯　犹如悬崖上的花朵

精神获得了短暂的繁荣

窒息的感觉来自另一些可触感

企图撬开潘多拉魔盒　希望之光

奇思异想的堂吉诃德骑上驽马出发了

还是无法游离生活之外的所有问题

想要的很多　却一无所获　有时

四

更多时候　你做你的　我干我的

现状支离破碎　拼接不来一个完整的梦

旷野吹着古老的季风　即便你喊来了雷暴
闪电撕裂了天空　他们的瞳孔里没有花朵
依旧是两条平行线　无法焊接内心所有的空隙

没有从容的生活态度　怎会有从容的人生
一个人为了保全尊严而被迫放弃梦想
孤独者孤寂的悲鸣　暗夜里落下清冷的泪水

五

冰凌似一柄尖利的刺刀　直指苍穹
上帝在一旁笑呵呵　没有法制的帝国
即便是恺撒　伊凡雷帝　或是秦皇汉祖
又能否走出朗朗乾坤　霍乱流行
每栋高楼的窗台都上演时代的戏剧

世间最轻松的莫过于放下　立地成佛
大肚能容天地之事　岂容不下小我
响亮的雷霆甩下一记记耳光
我从岁月的裂缝中张开手臂　从原野上
探出绿色的目光　眼睛一眨　满天星星

六

那么　就再造一座城来藏匿我
蜗牛一般蜗居自己的意志　不留
一丝缝隙　每天都是昨天
任凭天真的夏月布满犹豫
谁会在上帝身旁寻觅你的灵魂

风轻拂一个洼谷盆地的故事
引入漂流　只限于星星点点的波动
云层是藏不住雨水的　一片残骸　一地鸡毛
一身尘土　流连在人世间尚无职责
无异于穿着寿衣与他人的尸体为邻

七

一次又一次的徘徊与数次的审判
欲生于无度　邪源于无禁
欲望就像暗夜行走的锦衣　贪婪
从私念的缝隙　伸进一片树林
仿佛活着就是为了挥霍自由

无法矫正世界　那么就矫正自己
一个王朝的结束与另一种帝国的创立
不是简单的存在即合理
他们都存在于我的体内　互相咏叹
在太阳的照射下　树影斑驳的放出激光

八

人与人　在命运的错位中上演戏剧
悲剧是活着的丑陋　如梅毒螺旋体那样
六月没有飞雪　冰雹是沉疴的眼泪
挖土机能够长出灵魂吗　一堆锈迹的铁
恐怕只能重新回炉　听凭设计者的指令

我用心造了一座囚牢　却在雨中疾奔
女娲为何补天　天有九重　其实都是遐想

云层翻滚　在黑暗中寻找一个光源
寻找一把能够打开心魔的钥匙
毕竟遮天蔽日的乌云总被雨打风吹去

童年的四合院

一条街分割为南北双向　车水马龙
玻璃门里琳琅满目的商品与浮夸的商贩
这座城市从来都是拆除旧墙　再造一个
牢固的新型城镇户口簿　我们都困在
原地等待复活　因为街边的公告

青砖黛瓦　古城深巷　阳光斜跨木窗
童年的四合院就镶嵌在青石板旁
石狮　木门　石拱门　甬道　天井
还有幽深水井旁的那个桐油木桶
他们都在梦里缓过神来

时间的黑骆驼拉响了风中的驼铃
本性上的怀旧气息　如同
一条鱼攀上一棵树　假如事实成立
百分之七十以上都不是真实的影像

带上个人色彩的记忆被岁月风化

那个长发马脸女人本有着自己蝼蚁般的生活
一场捉奸游戏让生命
用一根麻绳吊在四合院堂屋的横梁上了结
金鱼一般圆瞪的眼睛与一条长舌头
童年的梦魇　就这样传下来

我的前半生在一种惊悚中茫然无措
四合院里老少皆离地三尺　包括
三姨妈在夏夜满天繁星的苍穹下
一把蒲扇一张竹床上讲述的鬼怪
直到一条街拆了重建　众生各奔西东

如果我可以选择童年　那一声尖叫后
突然变得十分宁静的清晨　我仍赖在床上
或者旧报纸折叠的纸飞机没有跌落在街口
一群熊孩子的小石头瓦片枯枝没有砸向低头的女人
祈祷时光用丢手绢的歌谣替代那个河流

在麻木的时光间奔涌　上帝的视角
依然屹立着　一个四合院的沧海桑田
阳光斜穿过吱呀作响的木门　星星
镶嵌在天井正四方的上空　月光洒满
庭院　碎片中重组出1973年的谋杀案

圣经说　一切都是虚空　都是捕风捉影
在这条老街的新景中　青史上没有记载

2017 年的一切都将陷入汪洋　我已经老去
时尚潮流善为那些实存的事件押韵　或者是
人生充满着彼此呼应的暗合　在某时某刻

际 遇

一条长着鱼尾的美人鱼
晾晒到太阳底下
在沙滩无人围观吗　众人的盛宴
百鸟叽叽喳喳各怀鬼胎
乌鸦说的不是人话
一朵乌云飘过　白昼沦为黑夜
定格　有时一瞬便是永恒
生活或轻或重　半点不由人

鱼从水中打捞出来的片刻
注定了被贪婪的人类分割
武装到牙齿的人和羔羊故事
从众的自然法则
神话记载异界的穿越
风干的咸鳊鱼渴望长成女皇
拥有超能力的传说
她的目光如炯　洞察一切

夜之黑被晨钟击碎　进化的蛀虫
从诞生以来一直啃噬着人类的棱角
一个时代所经历的雷鸣际遇
存在　始终落入遗忘中
鲜活世界中的遗忘　不是为了埋没
一切都是为了救赎
一种为了适合众生的爱　泅渡
蜕变成为龙的传人

风　筝

多少美丽的蝶
从身体里幻化出来
飘浮在天空　一线游丝的翱翔

风筝　你若不能掌控自己的命运
只能交由别人来掌握　放飞
决定你的高度

烟　花

昙花娇艳开在暗夜时分　烟花却撕裂了
黑的苍穹　瞬间穷尽生命的婀娜多姿
黑夜白昼的刹那芳华　不得不说
我们获知的一部分是真实
另一部分是假象　燋灿散尽
于残垣断壁处寻得一地支离破碎
你没有空度浮生
用你粉身碎骨的决绝刺破黑暗
令世人仰望

夜的色

夜能有什么色哩
除了黑
它似乎也无所求
只是掩盖
掩盖所有的真相
还有捂着
捂住白日的喧嚣

有月亮的晚上
白练如洗
路边小花无法
点亮离人的眼
扑面而来的仍是黑暗
季风吹过脸颊

夜色给了更多
天马神游遐想的机会
思念的你　每夜

踏着霜露而来
雪地里飞奔
在心田里开出灿烂的花
刺破夜的苍穹

所有的夜都一样
世界都睡着
我醒在梦里
周遭像彩带在飞舞
我长眠不醒

垄上吟

多少年了　霜染晨露淘尽千秋万代的跋涉
那个赤足走过田埂的少年和那个
田垄上拾稻穗的少女　他们
都在春天的土壤上播种秋天的棉花
尘土飞扬的泥土地上　总有
孔夫子的马车驶过　三千弟子的布施
终抵不过帝王的一声号角

农夫与农民在相仿的
水田　都是铁犁与水牛的关系
天空飘扬着布谷的吹嘘
风和雨都很忙　忙着给树干履新
忙着翻过一座山岗又一座山岗
摸着石头过河　像一首诗
所有的种子都在等待雪夜访亲

你不见风在那里推窗

——水风井组诗八章

一　街道

傍水而居的人类　择湘江水域岸边
以一口井命名的街道
尽管早已锁上井盖　某个时刻
一个飘忽的闪电　思绪千里
从这儿走过的人　喧嚣声里止步
依稀听闻水车碾压路面的吱咯声
打开一条街封存的记忆
旧时深宅大院　近代旧政府　现代商业街
诸多写着富庶的古建筑　雕梁画栋
一条缝缝补补的老街
有着多少风雅的名字和故事

旧时的明月照今朝　今夜却非旧街道
你不见风在那里推窗　木屐声早已远逝
钢筋水泥玻璃木门参差不齐砌码在街道两旁
汽车　行人　单行道共同掩饰时间的悸动

我倚在耸立的电线杆边凝神静思
旧街似蓬头垢面的风烛驼背老者穿着灰色百衲衣
只剩下青石板　灰砖墙　却已没有丁香花一样的姑娘
可是　谁记住了我　我又窥见了谁
适时而居　择取了生活的归顺

2016 年　水风井半截街道等待重建
电线杆上挂满了指示牌
候鸟又在枯水期谋划除旧布新的迁徙之途
水风井
偶尔在月黑风高的夜晚
穿越银河与我私会

二　邮局

梧桐树绿了黄了　行人车辆来了去了
你依然站立在风雨街头　绿色
你是千万个宰相肚子万艘船帆
里面装着亿万故事
从远方来　又到远方去
于天空牵一条思念的红线
因为你的忠实　一条街的人伸出手
无数的人触碰过你的身体
邮筒　你宠辱不惊是这条街道的标志

水风井邮局　一个以一口井命名的单位
百余年前也是潮流入侵者
借着古老的名号写着新的暧昧小说
各类杂志　信件　叫号的电话亭

还有炒来炒去的邮票

似黑夜里的鬼魅快速飘来飘去

却终归由历史这把扫帚拂去痕迹

邮局让与豆浆店　再演变成鞋铺

无论多么辉煌的事与物都归了云烟

我们不过是沧海一粟

三　外文书店

在国语流通的地方异域文化是时尚前沿

当商业兴盛伊始　最先消失的

是外文书店与一并消亡的别致台阶

欧洲画廊的罗马柱　整洁有序的书架

在另一个时空经纬里存活着

我最得意的书籍都是在此购得　还有

设计新颖的明信片　但凡走进书店的人

内心深处自然变得肃穆　目光清澈

小心翼翼地挪步　流连忘返

像处子对英雄的膜拜

崇尚西方生活方式的假洋鬼子们　诸侯

将此分割成若干小吃食品部药店手机店铺

我们是饿疯了吗　自己懒得做饭了

别指望一根扁担下的两个箩筐

蹲着的白猫黑猫抓到肥硕的老鼠

海潮来了　你的脚印落在哪儿就在那儿生根

眼睛被蒙上了带色的面纱

黄袍加身的猴子视而不见红绿灯规则

锦衣在钢筋水泥间横穿马路
我看到的是不可见的斑驳
再也找不到精神流放之地的雅典
没落的贵族是逃了还是死亡了
祭奠的菊花该放在哪儿呢
我的瘦削的手不敢去触及灵魂

时间老人　一边创造新事物
一边丢弃旧的物件存放在河底　然而哦
呆望的游子　呆望过你我脸上的热泪
晨风里马蹄踏过青石板　梦里
驼铃声一路丁当摇响童年歌谣
你不懂得我的悲哀　我又怎知你的茫然

回忆是一条没有尽头的路
百年一孤寂　千年一参悟
洪潮过后淤泥染鞋　夜幕下的水风井
马尔克斯在清冷的朔月中踱着方步

四　夜总会

霓虹灯亮了的时候　省会城市
繁华的一条街　摩登男女
张着猩红的双眼摩肩接踵而入
靡靡之音轻曼地流泻　人们扭摆着腰肢
旋转的彩灯罩着花蛇的鬼脸
灯火全部熄灭的瞬间　水蛭在淡水中也僵了
土豪们挥金如土　燃烧成鬼哭狼嚎

娱乐方式一夜之间雨后春笋般遍地开花
人们变本加厉　杯水主义大张旗鼓
最热闹时　水风井的长街上排满了小轿车
这个场景后来被许多模仿者取而代之

我只是听闻　没有亲历
从水风井走进夜总会的工薪族无不惊骇
白昼扯上厚重的黑幔　为的是无妄之夜的迷失
我不想找到自己　我不知道我是谁

名利与虚妄是一对孪生姐妹
葡萄美酒夜光杯不属于你
可以确定的是　你尚未被欢乐尾随
九尾狐迷惑你的感观　羁留
一种寻觅或是一种落寞被音乐催眠

五　蝴蝶大厦

没有人会否认　星城第一高楼耸立于此
财富在发酵　复制　毁灭或重生
以蝴蝶双飞唤醒睡眠的青蛙
打开电梯　抵达一个帝国的官殿
上去的是大咖　出来的是商贾
肥皂泡泡在雾霾的阳光下五彩飘扬
所有人都仰视最高处
一只黑蝴蝶凌空一跃
桃花在三月制造了一场飞雪
不为人知的秘密　遗失在梦里

当金钱站在了高处
被染色的头发在半空中群魔乱舞
理想被黄金填埋　灵魂无处安放
所有的真理都沉默无语
黑暗包裹的蓝色妖姬瓦解了多少彩色的梦
三角债给蝴蝶大厦烙上桃色印象

每一个花瓣都有一个醉心的故事
空手如何才能套白狼　色欲与谎言
水风井过往的人脑里闪过空中飞人
银行多了一笔坏死账而已
我想翻过与这一页面有关的文字
清洗那个角落里洪潮过后的艾蒿
祈求季风轻拂每一个幸福的蚕蛹

如若高处只是一栋物化的建筑
仰视的目光都是不真实的
以闪电般穿刺这个空间的次原子
其实是一种生活自由的热望振动
这里　我的眼睛湿润了
为精神危机久病　无法治愈
过度表达与极度失语

六　服装城

相比一座城来说　水风井只是一处景观
一条街写着星城古老的繁华　以人流聚财富
个体经营门店像百衲衣嵌在大街小巷　这里

汇聚众多商家与品相繁多的商品
率先打造一个时尚的服装城
冬眠的虫子被一缕春风唤醒
柳树瞬间绿意葱茏低垂河岸

从服装城窥见的潮流
不仅仅是渲染了一座城的美丽
一树樱花　看呆了东西南北的飞雁
慌忙从油盐醋酱里挤出一点时光
我和你一样　怀着不可名状的期冀与忐忑
陶醉在油菜花一样的海洋里　荡漾
生活是韭菜　割了一茬再生一茬
在雷同的款式里装扮出不同的胖瘦
跟风一起去流浪　弹着吉他

曾几何时　曾经的繁华已远去
手掌握不住细沙
细沙挡不住流水
那个踏浪的人被众多的眼神亲抚
后来者居上　从夏商到唐宋
一个眼神
老树就冒出了新芽

七　单行道

其实这条街道早就没有了名字
更名改姓　以近代文化名人来命名
水风井　人们只是站在故纸堆里张望

走过那口井的人　即便是站在井口
也不知道脚下的千年流泉　空了的岁月
早就掩埋掉了一汪碧水的记忆
某天　电视台突发奇想　挖掘历史古迹
站在过去与现在的交汇点上　杵着话筒采访
流动的人一脸茫然
焉有几人知道这里风雅过

这条街已然是单行道　老街马路
习惯以马车双向为度量衡
怎么也难再开疆拓土
宽广的五一路张狂地横穿这条老街
一张图纸早把历史抛到九霄云外
单行道成就了那些机械的爬行动物
行者从路的两端进进出出
坑坑洼洼的仍然是水泥路面
单行道两旁再添加几处被圈养的废墟
里面杂草丛生　不再有历史的影子

八　风中的我

我守着落叶　在这条街上行走
假装云淡风轻
一只跳蚤的告别仪式
白色衣裙在风中飘逸
时间这个筛子把我也筛落尘土了吧
我的身体坠落在一片海洋
一条船载着家什
我的逃离打上犬儒旗号

缘于左脸上的五爪印再递上右脸
无论你怎么努力也摆脱不了菜色
在肉食者眼里你天生的营养不良
单行道　你向左　我向右
我的城到你的城究竟有多长

黎　明

一场生死较量
白与黑铿锵搏杀　在宇宙之外
时光叛逆流转无序
阿波罗轻扫最后的硝烟
多少年了
白是白　黑是黑
永生相背却又此生相依

月儿抖落了一片羽翼
黑夜向薄雾侧身　躲进帏幔
此时　万籁无声
风是凉透了的
水田间　有穿着蓑衣斗笠的老翁
和一头慢悠悠的水牛

独在山坡的我　屏息倾听
凝神渴望　表面平静　内心澎湃
一缕金光刺破水天的封锁
点燃我火凤凰般的心事
麦苗在晨风中微笑
抖落一地的倒影

春 雪

绿芽才是春姑娘的信使
被一场流窜的风渲染了纯贞
凛冽的剑刺向嫩滑的脸
雪花本不在这个季节飘零
偏在春之尾声唱着哀号的歌
谁也不愿意退出可供蹦跳的舞台

寒风吹散瓦片上的雾霾
一场又一场雪雨飘洒后
春姑娘温柔地剥离了外衣
所有的物种都悄悄地探出头
一条乌篷船头　挂上飘香的老酒
我的心总是先于我到达丰盈硕果的秋

人们开始重新审视雪花的用意
故意冷藏起自己的心魔
不管是风惹的祸　还是雨造的孽
那些来南方追逐温暖的北方人
俯瞰每一株树上的冰凌　宣判
他们是我们的敌人　而非朋友

战国时代　一国发展
就意味着对另一国的威胁
谁又会以黑色为纯真模板呢
我问过雷鸣　也问过闪电
只有在梦想漩涡的名利场 方能
看遍世界的冷暖交替

春天的脚尖

只是一阵风　一阵暖风掠过
就让蓬头垢面的我脱胎换骨
渴望穿上新衣
如此　我奔向原野

铁犁爬啃的麦地
新芽冒头了
唱响彩虹的歌　就这样
在雨里行走
飘荡在十里桃林
杨柳拂面　你说
漫山遍野的油菜花是我写给你的情诗
一年一季邮寄春天的诺言
待牡丹花开
于每一朵花蕊中采酿蜜的芬芳

我眺望江畔的炊烟
像笛子吹奏时的悠长波澜

我的眼朦胧　不知道
这江面上层层叠叠的悲喜　可是哦
紫色的夹竹桃长廊里遗留一路欢笑
春风犹在　才会在麦田播种希望
寒流来过又走了
草叶上的水珠因为充满阳光而闪亮
还是相信树梢的嫩绿　春天的脚尖
一路走过　翩舞的蝴蝶飞来了
受孕的花蕊　还有桃红的生活

春的萌动

注定与雪有一场话别
小溪两岸绿色几撇　撩拨
和风亲吻柳枝的妖娆
杨花借机吵闹去走街串巷
雷公在夜晚盲目敲了几声锣鼓
风来过又走了
石头憋急尿出一摊积水
土地上就冒出了君山银针
桃枝急忙描眉点腮红
万物换新装羞涩出席
眼前烟雨浮扁舟

秋雨中的西安

没有哪一座城市是这样
黄土地上的六朝古都
雕梁画栋与水泥石柱
融合古典与现代的油画
披挂着蒙娜丽莎的面纱
在穿梭各色巴士轿车的街道
秋雨打湿了砖垒墙厚重的城门
又尽染了法国梧桐树的葱茏

芸芸众生曾经来过
大唐的不夜城没有记载
2016年的秋季也没有记录
站在此地
古城墙　钟鼓楼与肉夹馍
承载多少惊艳的寻梦故事
距离不远不近
走过瓮城的马道即可

脑海里驶过千军万马
你方唱罢我也来登场
扯来这季节秋雨的细丝
难绣一张明媚的自然风光
总是蒙着灰色的古城堡
变幻着城头的五彩旗
往来是非曲直皆在一念间
我又如何能找出历史的真相

金戈铁马
掳走了多少斑驳的足印
城垣依在
将士何去
在物是人非的景色里
我最喜欢你不动声色的深邃

大明宫遗址

为奠基帝国的千秋伟业
看过多少风水宝地　唯此
筑起王朝统治者的唯我独尊
九重之殿的莺歌燕舞
也不过二百余载
游走岁月的沧桑
断垣残壁　夕阳红
在鹅卵石上写下诗篇

大明宫含元殿遗于尘埃
武曌玄宗杨贵妃落入故纸堆
潜匿于时间的烟波浩渺处　或
遁隐在时空的另一个隧道
依旧钟鸣鼎食
谱六朝乐府香艳诗句吟唱
脚下
有另一个大明宫的繁华

目光所及阳光照断垣

厚石堆积　野花盛放草坪上

古时的风　今朝的月

周遭是高筑的钢筋水泥大厦

闪烁的霓虹灯早已霸占这方圆天地

时间不语

富庶与断壁

兴盛与衰败或兴起与覆灭

长明宫旧址的一汪湖水

一千余年后

秋风里秋水依旧荡漾

百花也如此恣意了千年

夕阳之间洄游

涉虚无之境　仍然

听闻不到那妙音绕梁

风吹不散万千惆怅

月圆不了古梦情怀

我在时光深处

落下一地寂寞

崂山可修道否

千年的道士　是被咏叹的词语
曾经穿墙的长衫已被岁月风化
如今各写各的春秋　像爬山的电车
彼此再无相似
一座山就够了　在进出的道口画地为牢

偶有山风吹过　游子的喧嚣消隐峡谷
仿佛告诫入俗正道　拜师弟子的功利心
空耗了岁月　就像什么也没有发生过
纷乱的脚印似水上踏痕
山依旧　人如流织　白驹过隙
我就这样站着　妄想站成一座修行的佛

行走人间　难免沾染尘烟
此身非吾有　何时忘营役　沟壑万千
树能够接纳鸟巢　鸟巢却不能与树同生长
一只蝼蚁尚且在崂山穿越岁月
如若你不能接受我的平庸　那么
崂山可修道否　在某白云生处

崂山游

崂山一直笼罩着神秘的面纱
多少骚客为一睹崂山道士尊容而来
醉卧在碧海蓝天的山峦
激荡起游客无限波澜
山脚下　面朝大海
赫然耸立镀金观音南母雕像
招摇着与山峰对峙　众人如流
崂山另换了幡大仙　缆车穿山过
遍寻柴门无逸老
蒲翁不在古洞磨笔头

山风吹响树叶　山峰壁立万仞
卵石圆润饱满如球
崂山的确是有些寂寥
我蹲在了半山腰　此山非彼山
不愿再去攀爬那人造山洞
生命的来来往往　来日并不方长
若真能寻得道士
我想隐居山林
修炼浮躁的功利之心

九寨沟的山水

九寨的人称九寨的水是海子
在最深的沟渠里呈现的是海的颜色
她当然没有海的浩瀚
只是千娇百媚静卧在山谷间
做一幅美丽图画的玻璃镜面

九寨的水骄傲地展现自己的容颜
青山醉卧自己的身体
只是在秋季层染了自己的羽毛
与水彩展开亿万年的争奇斗艳

最贪婪的水不过九寨
她把山的五色斑斓
挽在自己身边
又傅粉施朱
吸引四方游客观赏膜拜

人们赞叹九寨的水是最艳美的水
鲜见的水彩是花的海洋
却全然忘掉了
青山绿水从来生死相依
九寨的水五彩
是高山峡谷造就了她的柔美百态

九寨水之湛蓝

你生来不凡

在高山之巅　色泽悦目

比蓝天更蓝

比海水更碧

比鲜花更丽

以一种惊艳的靓彩

彰显自己的卓越

水是平凡的精灵

因为爱　积洼成池

以自己最纯粹的透彻与深情

拥抱着你的美丽

占有着你的美丽

润泽着你的美丽

水与湛蓝

咏叹千年

更以绝世的爱恋

书写着完美的融合

彼此是彼此的彼此

相映生辉才能成全彼此

致黄龙机场

你是神州大地最阳光明媚的机场
空气稀薄　一缕白烟缭绕
声音在这里仿佛被过滤
高声喧哗似隔山传音

你是我至今感觉温度最特殊的机场
即便阳光灼灼也需棉衣裹身
正是异域风情吸引八方来客
你的热情却让游客头重脚轻

你是空阔的机场
见过许多兴奋的面容
人们赞美你的美丽纯净
挥挥手把你储存在记忆中

泰山之悟

泰山之巅　唯我独尊
唤起了多少游子的野心
曾经帝王将相顶礼膜拜之地
现今平民壮士何妨踏足朝圣
万山巍峨皆有种乎　我也来过
普天之豪情高万丈　却无人喝彩
半山腰间你的渺小一并吞没

孤独者有孤独者的潜心静修
泰山没有把自己打扮成美妇人
也不屑把自己伪装为伟男子
而是把自己堆砌成一座丰碑
将白云做成了自身的腰带

这是可以伸手抚摸太阳的地方
也可上九月天揽　任由你翻翔
一架云梯直抵天庭　参禅
我坐拥泰山　泰山环抱了我吗
我们各用不同的仪式书写春秋

仰望黄山

大地之子就这般被丢弃
一定是发生过什么　这里曾经
血雨腥风
众神挥刀舞剑　鬼斧神工
建构成这般崇山峻峰　引来
仙女们的裙袂袅袅飘拂
凡尘一方　云海间
悬崖松柏长苍翠　绝壁野花俏盛放

山与山巍峨对峙　就这样千年
内心狂野滋生了峰与岭的奇石画卷
冬雪和温泉犹如山盟海誓的情侣
云雾缭绕呈现的是他们的浪漫
潺潺涧水弹唱的是爱的诺言
小鸟儿嬉耍间自在地玩起了捉迷藏
山花完全是幸福的陶醉模样
雨季来临时是你懂得的　我的眷恋

我就这样仰望着黄山
倾慕他男人般的伟岸　挺拔
想着自己是另一座碧玉的山峦
依恋在这里　脚步不再游走
在风中吮吸花的芳香　可是哦
凡胎履生　一托雪莲
要修炼多少岁月才能化身岩石
渴求菩萨的一滴仙露　幻化
站在原地等你　静待你我的相见
沐浴清风　身心像阳光一样明朗

耳畔回声已淡如一缕飘浮的云烟
一路的寻觅开启了过去与现在
无论多么高傲多么无敌的肉身
都败给了时间　而你不会
一瞬千年　万念一挥间
唯有云烟绕青山
我将你吟咏到诗歌里
你不会忘了我的爱意吧

炭河遗址

四羊方尊横空出世
兽面纹铜瓿也是在奔流的沩河边被掏出
以青铜的固执
在一片戈壁岩骨的风化中
再现时间的蹉跎穿越而来

因一个物件的出现
在旧址旁再造一座城
新垒的城墙上高挂着猎猎旌旗
穿旧时衣裳唱着现代歌谣　演绎
为着风情　许多的瓦砾再次被焊接
人们总是热衷于距离产生的美感
在现实的尘埃中尽情喧嚣
小时代中一双双眼睛
搜寻历史废墟中的缝隙
这个秋季就这样被蓝天断然定义
其实在和平年代才有这样的盛世
一瞬向永恒泅渡　如同失去的
青铜器　在馆藏的玻璃橱窗里坚守

海 边
——有感于南下追潮

对大海所有的原始认知
源于文字在脑海里的描述
当我扑向大海时
脚下海水不是湛蓝的
海鸥嬉水翔飞　渔帆几点
沙滩上大都是拍照的叶公

人们喜欢大海的博大　雄浑而苍茫
恬静碧蓝如处子　波涛汹涌又如巨兽
此刻阳光揉皱了水的银缎　遗留下
转瞬即逝的泡沫　还有飘散着的
海藻腥味　浩瀚的内在生命冲动
只是偶尔变幻为浪花　翻腾一下
就消失了　海边来去匆匆的游客
无解他生命里深层的喧嚣
正如一个提篮的商人

云和浪在海的天边一线交汇

夕阳和海互为镜像

渺小如尘埃的我　生出一种渴望

有关憧憬　向往　却不是激情

被世俗物化的众多人

雾里看花　眼中全是白猫黑猫

三尺身躯究竟要渡过几江几海

彼岸遍畴罂粟花

波纹叠着波纹　浪花追着浪花

沉湎于幻想的人和守株待兔的樵夫

没有什么两样　如若这就是我的大海

我渴望能够拥有你的全部　但是呵

过会儿我将离开　这终究不是我的

目的地　大海又岂能归谁独占　我只是

站在沙滩眺望做沉思状　或者

套上救生衣　假装与海水亲密接触

所有的喧哗最后落到沙滩上　就像

落到野鸭羽毛上的水一滴不留地滑走了

现实最终窥破叶公好龙的假象

远处传来的歌声　海边盛宴

天空骤然砸下几点雨粒

即便是脚浸入海水　我们仍需雨水降温

逃离或者是奔向远方

追逐低洼处的海纳百川

在人头攒动的海边或闹市街头

我同样害怕重逢　害怕着

遇见那个缠身的孤独
还有胆怯的小我　一种
微妙的阉割伙同全部的观感
在浪涌的海边滑向天际

绿　韵

一泓明澄的江水
依偎着你非梦非幻的臂弯
一片痴情的绿色　妩媚地
倒映在如云如雾的怀抱

你轻扯起缕烟如绢的薄纱
水泊把春天的诗意收藏
江上正在撒网的乌篷船
定然是把希冀的琴弦拨响

一幅水墨画从远古奔向未来
在我眼前呈现绿色葱茏之风韵
这番朦胧唯美的神奇模样
浸染了游子志美行厉的梦想

绿韵把情深如实地栽种在泥土
我们的心也该如是平静坦然
带着真善美的甘泉　从江面到绿岸
走向万花献锦的春天

河　床

窗外　目之所及的四方世界
一场雪雨也无法敲醒的河床
寸壤消涸的窄水
凹凸袒裸的沼泽洼地
与坚硬的土坎连绵起伏　以及
风吹瘦骨似的树干　浮絮的苍穹
目平湖旧有的繁华　美丽哪里去了
那水波潋滟　晨曦渔舟的活力被谁掠了去
落寞怀愁未能随凛风而去
覆雪无法掩葬心之苦痛

水天一线的目平湖曾霞光万丈
红润鲜圆的朝阳从雾里挣脱
披着丽纱的夕阳隐入另一片云海
有小船从烟波里
游刃而来　停泊在栈桥边
你的丰盈是如此美好　然
夏去冬至湖水枯竭灰颓的河床
丑陋如多皱而阴郁的老汉

黑泥地弯弯曲曲狭窄的湖水
贫瘠而苍凉　繁华尽逝

每天我倚窗伫立
遥望着那已濒临干涸的河床
就像凝视着我自己　这般无奈
箭雨　雷电　狂风　大雪　无所设防
红颜从流水里滑过　默默地注视里
犹如死亡地带生长着的希望
蓬勃在你贫瘠的河床
只要活着　在欢乐与悲伤的交织中
丑陋河床上的绿草依然激励着我
我们一同在挣扎在澎湃在叹息在盼望
——盼望春天的到来
蓝天下碧波上白鸥自由翱翔

安乐湖

静静地　静静地
或许是在等我　这倒影
轻易窥破梦的禁锢
开阔而清澈的湖水是包容的
无论你以什么心情走近
都是一场旷世的情缘
过去现在与未来的一汪碧水
所有的映像都波澜不惊
可是哦——
再阔的湖都有一道堤坝
如同你我的心情
江湖依然保留自然的身份
青山绿水　柔软与坚定
执着一种超越尘世的守望
在时光深处坐禅
有时候多情应笑我　奢宠
安乐湖水这般偏居一隅
悠闲与怡然就是一种回归
一切人为的骚动
与这种空净远离

春天 在河边

最喜欢三月暖阳时分
江水荡漾的柔软波纹
和风把葱茏洒落在树梢
欢歌垂降到每一滴霜露上
万物由此抹去了抽象的孤独
一波又一波翻出嫩绿的新芽
河岸每一朵花蕊里都隐藏着
一个难以割舍的梦想
观一场春的萌动
在醉卧间渲染山梁

湘江边

此处萧瑟
风也一夜色　雨也一夜色
游轮在水上航行
逆水和欢歌
只是江面的同时鼓动
谁也不是谁的拥有者

此岸到彼岸
一笼灯火挂彩桥
一江秋水飘飞雪
世间所有的来来往往皆有因果
终究时过境迁花凋谢

春耕秋收
新的空蒙染洋槐
不过是岁月的沧桑走笔
清风也来告诫纷飞的发
我思因美丽而悯其痛

若鲜活必有漫天花雨

隔岸观烟花
湘江边　一渡桥　一身影
我忘了秦时的明月
忘了现时的过客
幼学到知命须臾白了头
七分堤岸三分湘江东流水

北京的天空

首都以一座城的真实敞开胸怀
又以冬季的明媚阳光欢迎四方宾客
天空是湛蓝色的镜面
绿意葱茏的松柏与纤瘦的银杏树
相映成趣　在同一片天空下
时光是最好的见证

雾霾以传说的方式褪却
冰雪彻底地奉献了一生的爱
亭榭小桥　潺潺流水
谁不爱蓝天的深情哩
尽管是如此热爱着大地
当我脚踏土地　双手伸向天空时

夜晚仰望天空数星星的欢乐
多少帝王将相均为一瞬间
文臣武将踏歌而来

闪烁星星之光的民航飞机从头顶飞过
北京的天空是蔚蓝的
骚客学士的心亦是湛蓝的

秋的情事

山枯草黄　颜色写尽了萧索
水竭石硬　苍白冷峻到骨髓
秋风乍起落黄花　飘过的岂止是枯寂
从春天来的客人　他感到了渴望么
渴望被岁月洗礼　不要被遗忘

世间的一切都是遇见
银杏树下黑色的伤口
不知匿埋了多少猎艳的往事
我跋山涉水而来　空中传来嘶嘶凄怆声
心事被层层分解　树干都瘦了
落实了理解吗　别人的孤独指数

一群秋雁把羚羊角挂上天空作告别仪式
美好年华里那一片恼人的风景　就这样涌来
有些事情喷射在土地上　还有秋霜
淌过麋鹿的眼眸　睥睨一切
对于一场秋季的风暴　还是
看蝴蝶藏起展飞的翅膀　抑或
屋檐下听雨唱歌的那个少年

雪的梦

昨夜好像是错过了一场雪的狂欢
无法在雪地里留下我的脚印
关于白雪的记忆 儿时
窗台上寄住的新客
屋檐下尺长的冰凌
树林里 哥哥堆起的雪人

上帝似乎将我放错了地方
北方白雪成为小女子的美梦
南方偶尔飘零的雪花
总是羞羞答答
躲进草丛 或在岩石边潜伏
给消瘦的树杆穿上轻薄的羽衣

北风吹过的夜晚
想象自己是雪的公主
长裙飘逸在你的窗外
看着熟睡的你明朗的脸
大地静悄悄 晨曦渐近
谁能帮我捎上一句话
雪姑娘来过

一亩白云

从钢筋水泥地到青山绿水
徒步穿越远古的泥土
清风也罢　吹来原野的花香
天空如此湛蓝
白云飘落　在水的镜面

水聚一隅田间
田嵌在山川绿丛
一亩白云醉翻了多少
异乡的客　却怕扰了宁静
惊飞远处布谷的歌声
屏息呼吸

这里往来的农民
饱饮客人的惊艳
脸上写满善意的笑容
生在伊甸园一切皆自然
自己融入其中不知晓
躬耕陇亩　布衣牵牛
这边风景独好

并蒂的花蕊

在残壁矮墙的青藤绿叶间
盛放着繁星般金黄的花朵
你有花仙子的容颜
更有秋阳的浪漫情怀
蜜蜂造访了并蒂的花蕊
我　只是偶过
无缘见证花朵绚丽的过程
你没有风干自己的情感
在十月的斜阳里
绽放出一生的最佳姿态
走进我的世界

两朵南瓜花

一

千万年来你兀自生长在
乡间清朗的原野
青藤爬满断墙残壁
在勤劳农家的菜圃里
骄傲地茁壮地生长着
你知道自己的平凡
所以选择与大地同样的色泽

在十月的中秋季节
用金黄的娇艳的花朵
绽放生命中最热烈的青春
明亮所有人的视野
你懂得的　老农欢喜的
不只是你美丽的绽放
还有在孕育生命的同时
奉献着自己粉身碎骨的纯粹

花朵是人们饕餮的佳肴
结出硕果感恩老农的守护
再让诗人编织南瓜仙子的故事
回馈善良人的精神生活
尽心尽力之处
何必在意曾经拥有多少

二

两朵南瓜花
一对神仙侣
花朵开过也就开过了
在青春最浪漫的季节
即便人间存香
如若不曾与你相遇过
用美的激情感悟
用镜头定格

当竹竿与柳条相遇

竹竿与柳条在八旬老父手中相遇
两者便摒弃了族群的偏见
篱笆　这一个响亮的名字
在厚实的土地上生根
一边与自由疯长的野草为邻
一边忠诚看护生机盎然的菜圃

竹竿与柳条在八旬老父手中交织
阳光洒落在布满青筋的手上
勤劳者开拓的是生命的疆域
秋菊见证的是南山贫瘠与富足
越过低矮的篱笆　便穿越了时间
走进了儿时乐园和父母温暖的怀抱

秋 英

一朵花绝没这般绚丽
但是哦秋英繁花点点绽放成画
在最新的日子里　当下
简单地舒展遍畴盛世美颜
一朵花太渺小　正如一花不是
春　秋英夭娆的群居明媚南国
你懂得我的世界彼此才能相遇
五月绿茵地的花海夹带和风
浏阳河畔的花语就这般沁入心肺
铭记这一刻的非你莫属

所有的花开都有着自己的美好
恰似寻常日子的浪漫情怀
邻家女孩的名字与心思
走动在青春流动的盛宴里
我也想与大地结成亲密关系
不惧高原　不畏平滩
不生长荆棘　只管尽情挥洒
繁花朵朵自由地呼吸新鲜空气
黄土地上释放似锦年华

猴子石大桥

我曾在月华初上的傍晚
呼拥着和煦的晚风
眯眼呆看灯火阑珊的石桥
慨叹它是彼此心灵的桥梁
隔河相望　远方是
桃红柳绿水暖长堤的所在

我曾在烟雨绵绵的傍晚
伫立在幽静的堤岸
醉眼望浮灯　石桥似金龙燕舞
风从河面吹来
心却努力向前飞翔
为的是化蛹为蝶

我曾在繁星闪烁的夜
徜徉在寥寂的江边
石桥上日夜守护的列队战士
懂得在对的时间

花朵般为你绽放所有的瞬间
亮丽每一步前行的方向

这里是我命中福地
我想从这里出发
用我瘦硬的身躯去丈量
彼此的距离　遇水寻桥梁
拓展新的人生版图
即便黑夜如漆 道路泥泞

我也想把爱留在这里
让它成为弥久日新的记忆
温暖我沧桑的岁月

枫　桥

黑云站在太阳上
我孑孓在萧山枫桥边
这里没有夕阳　也没有福音
往来的都是凛冽的寒风
同享一座城
头顶着各自的苍穹

风拔高我的双脚
抽丝剥茧晾晒内心欲望
风与枝杆金戈铁马
黄叶入泥
陌生面孔闪现
聊斋无夜话

显然岁月已苍老
飘浮的都是陈酿旧香
才过桥头　却又上高楼
路就在脚尖尘埃上
笨拙　迈步　徘徊
找不到曲径通幽的方向

天　边

原野里的那一抹轻烟　几千年了
只在天边托起一轮朦胧的夕阳
照着屋后苦楝树上饥饿的雏鸟
空寥了的麦田流淌出忧郁的歌

银杏树下眺望着　眺望着
故乡那个黄昏　目光所及的原野
听到晚风吹响无韵的海螺　若是
知道自己为什么等待
就可以忍受漫漫长廊的空寂

当思念比银杏叶更多更繁盛
那拼命伸向天空的每一片黄金叶
满足了我蓬勃生长的欲念
盼一场相逢在阳光下

景观中有想象的未来
是最大的幸事　宛如朝露
每一滴水珠都映着一个晶莹的梦
为了向远而生的思念都能抵达
求夕阳抹净群山静坐的孤独

流　水

日暮炊烟
一只蝴蝶的动态　不可捉摸
伸手时　一缕阳光握在手中
那是陈年往事
在掌上搓成一个冰冷的雪球

足踝浸在流水里　落花如果忘记
提及　是否时间就不存在
相遇的街道　江边湍急的河床
风把影子系在秋天的每片树叶上
那些灿烂的日子都在等待着命名

火花可以燎原　星星点点的回忆
经得起岁月的洗濯么　除非
文字能够还原一切的一切　或者
像个唱戏的名角　日子过得真假难辨
岁月终究东流水

深夜的鸟

一

夜色下的柳树无绿叶
黑暗吞噬了江南烟雨
一只深夜的鸟儿
与夜行的诗人
对峙　隆冬的夜晚
寂静且寒冷

儿时屋檐下的燕巢
从不在夜晚啼叫
头蜷缩在羽毛里休眠
晨曦微露叽叽喳喳呢喃
谁不爱这清脆的鸟鸣声呢
小燕子搭窝家吉祥

谁又攀上了树的枝丫
受惊扰的鸟儿没有了雀巢
寒夜哀泣　递上诉状

淘气包掏空了鸟巢
皮肉受到大人的鞭笞
谁知道谁的苦难

总有一种孤单
是我们所不知道的
孤苦伶仃
总有一种失眠
是鸟儿无法理解的
孤独寂寞

二

在树叶凋零的湖畔徘徊
是迁徙的鸟与异乡客
站在原地 枯枝乱颤
呢喃的情侣随风而过
猫头鹰在夜晚狂欢
守望一个人的孤单

旧城往事浸润过来
改变了锦绣江南
谁会理会深夜的鸟
杜鹃啼血猿哀鸣
我只是想在空旷的世界
寻找一个人的落寞

尽管黑幔遮住了远眺的视线
心光却不受任何阻挡

在暗夜里思量着
万丈青阳照进现实
在寂静的海洋上
逐浪前行　追逐梦想

三

深夜的鸟掠过柳叶湖畔
城市街道移栽的园景名树
太过娇嫩的树枝丫
找不到筑窝的鸟巢
且以夜色为庇护 追寻
温暖南方的天空

夜色同样也适合诗人
守住晚夜的寂静
昙花瓣落如雪花纷飞
灵魂穿越生死
在虚无中散发缪斯的光
鸣唱生命的礼赞

夜行的鹰与高飞的雁阵
可以穿透黑暗的帷幔
捕捉瞌睡的虫子
听到风穿峡谷的声音
闻到光走花落的奇香
追逐岁月的光怪陆离

宝藏在浅层意识里歌唱

只有夜行的人
坐落红尘　拾珠捡贝
灯下收集落花
亲吻着清新的空气远行
白驹过隙　云淡风轻

冬日的太阳

尽管　朔风寒雨
脱掉了自然界一件件外衣
季节已经抵达荒凉的深处
露出赤裸裸的灵魂
所有的故事都看得很真切
清瘦的树杆仍在等待
静寂地等待阳光的安营扎寨

其实冬天很静美
从漏进我空旷窗台的明媚阳光
读到了母爱的柔和温馨
照在人身上暖洋洋的
没有一片树叶在飘拂
时光都放慢了脚步

纵然雷暴又掠过岁月的脸
那潜伏到冬季骨髓的裂纹
似有一双宽厚温情的手掌

逐一抚慰大地处处伤痕
寒冷换上新鲜出炉的面容
雾霾散去　积雪消融

沐浴着这冬日里的温暖
会想起　黄鹂的歌唱
山谷开满灿烂的小花
听到早春拔节的声响
还有那更生的爱情力量
在我心里筑巢驱赶沉寂的迷茫

MEI
HUA
LUO

梅
花
落

第四辑 DI SI JI

放
逐

◉

真理在黑暗之外

黑暗吞噬的黄昏
血腥味道在黑海里翻腾
被描绘成紫的色彩
有些我不想分辨的东西一并哽咽
利剑　巨齿　谎言
你不见朔风在那里敲窗

黑暗统治下的月色
真理在黑暗之外
一草一叶都埋伏着迫不及待的
狙击　幻想不再
我不讳言我的错判我的痛思

那些被闷夜锁着的身体醒着
在阴暗的苔藓处滑坡
从岁月的裂缝中挣出手臂
跌倒了又爬起来
泥土掺和着鲜黑的血

在身体内撞开一丝缝隙

霜雪逐日改变你我的容颜
笑语中　颂扬没有落在我的头上
茫茫夜色越来越深
我的触须却越来越明显
光源必然在脚步
弯弯曲曲起起伏伏的尽处

眼前麻亮亮的　万物
我拥有和你一样的期盼

两种生活方式的分解

读书　用眼球作牵引
在另一个世界穿越
与一些从未谋面的人生活
走近他们的隐秘世界　偷窥
从中找到自己的影子
尽管那些人从来不关注你
窃窃私语　各忙各的
任凭喧嚣被夹竹桃诱惑
把自己的内心隐藏起来
五一黄金假期　自己抛弃自己
哪里也不去
我知晓蚂蚁在现实里受伤
舔咽逆风划过的血痕

私下没有找到完整的自己
有些人完全跟山人相背　电视
那个主角比吾辈更殊死的遭遇
博得小尼的泪水涟涟　其实

此种同情与叹喟根本不需要
一厢情愿地把自己的时间植入
跟着体验揪心的痛苦
不然呢　何以解痛

写作　用思想打先锋
潮涌一浪复一浪
堆积的压抑　有人说它是无底的
像瓦尔登湖一般
湖海深处是黑暗而泥泞的
蛰伏　蛰伏之痛
每个人都　在田野里站着
或者在悬崖边徘徊

暗夜滚滚的春雷
终究化作闪电撕裂天空
一场倾盆大雨后世界还是那个世界
那就创造一个十方世界罢　傻愣
七仙女的玉手一挥　银杏树上盛放玫瑰
五月的石榴栽植在海底伴金鱼休眠
沉醉于自己的肆意妄为
恣意地意淫　又不仅如此
兀自跃上黑天鹅的翅膀　苍穹
一匹马在绢纸上尘土飞扬

梧桐树还站在窗前
身材比我大　年龄却比我小
树叶落了又生长新叶

给人以别一番展望

权且游戏

在每个人身体里灌注一点野心

假借　暗喻或者葳蕤

不经意间　却如同泥土里

经年老根长出同样的狗尾草

我仍因此骄傲

纵情在伊甸园的理想王国

我非我　他人即是我

时间晃动着墙头草

当一种血泪乱云飞鸿

两种生活方式的分解

呵呵

上帝一开始就发笑

智力不够　还要削尖脑袋

是不是还提着头发　数次

忽略了自己堕落的山谷

还是赶紧关上潘多拉的盒子

雪花像斜雨纷纷落入六月的戈壁

走来走去　你仍是一抹炊烟

超越才是炼狱　劳动节万岁

游　走

在伏蛰爬行之外
构想有无边的大漠
自己是一条鱼
在沙漠里游走
或者干脆挂上树枝
展示新异的价值
有时遇见一声鸣啼
想象　幻影　忧虑
那条会飞的鱼
被一朵彩云托起

我目睹了飘飞的世界
在你的怀抱中
轻于一片树叶
终究要归隐泥土
精神游走于世间
涅槃

两岸三地

我身着绸缎锦衣　黑夜穿越
喧嚣的街头　霓彩映着肃穆的面具
在内心狂野时　爬上树丫
眺望远方的山峦与白云蓝天
却又在酷暑时节蜷缩在火炉旁
瑟瑟发抖　顺从众人的观点
反驳春天里绽放的愿望

更多的时候　白天行走的身体醒着
本我与小我百无聊赖　夜晚
太阳在球体那一边站岗　躺着的肉身
搂抱不认识的自己鼾声震天　超我
却又变成一只会飞的木鱼　远游沧海
白日到夜间或黑夜到白昼之间
站着一个桀骜的我　两岸三地

精神的贫瘠自嘲弄始

一 世态

树上掉下一个苹果

砸中了诗人

旁人捂嘴偷笑　不多不多

书呆子一个

众声嘲讽来自一种习惯

诗人咬了一口苹果　高高举起

对着太阳抒情　一种残缺的美

众人皆笑　苹果是用来填肚的

酸秀才一个

营营役役脱掉理想的冠冕

愚公的屋前有座山

为何山上没有一座庙宇

诗人在山下始终保持一种姿态

绵长的苦楚可绕地球一周

一切苦厄　皆含深意

有人看花去了　有人留在原地复活

二　嘲弄

从混沌之初盘旋的气流汇集
磨砺出一道锋利的闪电
在大海的波涛中刺破航海的帆
半生心事都用来煎煮沉默
飘落的花瓣来不及整理春天的容颜

内心的狂野滋生细菌
嘲讽　从来都是不尽人意
蠢蠢欲动的时候　我窥见的
是不是岁数的虚长
他们都有善变的嘴脸和疾风骤雨的虚伪

一条路的延伸　只有
前行的骆驼才知沿途风景
懒于跋涉却妒忌千里马的铁蹄
画一幅漫画　嘴角上扬
浅薄是一种病入膏肓的轻浮
精神的贫瘠皆自嘲弄始

正是将春未春　春冻告诉世间
万物这一生的放荡不羁
这些斜雨　连接天的水帘
另一声叹息　砸痛了沸腾的血脉
于朦胧的睡眼里
我嗅着了诗人的情怀

三　反观

春天用来生长　冬季正好蛰伏
摸一摸我们的灵魂　沐浴
天光云影移动着世事的繁华
颓废的精神与没落的贵族
触碰到人生的苦楚与彷徨

豆瓣花开的岸边传来信鸽的歌声
一只雏鸟刚从树巢里探出脑袋
人啊　只能以世事沧桑观照岁月
红与黑的节奏对比
蓦然大雨如海水倾城
洗涤风月的冰晶之网

清风摇曳着飞鸣的雁阵　迁徙
丈量人生就是一场修行
不做自己的奴隶　不做任何龌龊事
远离低俗自我反观

时间像一条旷野的小径
脚印在泥泞的路上深浅不一
我只是想努力在社会的偏见中
不落俗窠　矫正人们对待诗人的偏见
民风淳朴　善良才能安好

某次阅读的乐趣

用一生去等待一个人的下辈子
把美好留给未知的世界
却在现实生活中苦修
这样极致的浪漫爱情故事
不知道是不是真的存在过
但我还是淌下了热泪

姑且不论故事的真假
创作此美好情感故事的人
内心深处定如同春天的百花园
把自己的心灵奉献给了秋季
阅读宛若养生保健操
我喜欢这种被阳光包裹的时光
与一个人交往　与众人神游
啃书实在是一种幸福

幸福时刻

即使漫天箭雨　身陷泥泞
一棵树被拦腰砍伐
那个充满幻想的肥皂泡　在
阳光明媚的日子里飞走了
所有的人对你嗤之以鼻　因为
生活从来都是只对王者钟情
不曾窥视弱者的心酸　此时
洪峰咆哮　你抓住了
一根稻草　我相信这是真的幸福时刻

其实　幸福依附于内心的强大力量
一只站在树上的鸟飞过头顶
仰望星空
凝思那些灵魂遭受重击的人的不屈
于枯枝断裂处长出绿芽　在逆水里
行舟　坚毅最终挤跑了泪崩
微笑就这样耕种在秋天的田野

午后的暴雨

风长在树上　撩拨了我眼帘上的睫毛
这个斜阳的午后　突变的颓废画面
雨打芭蕉的哭泣声　唤醒了
藏在世界布袋里的一把锐利锥子
一个不小心锉穿了
爬到乌云上我的思念

月下墙头上的歌声
在城市酒吧
灯红酒绿伴随着染色的头发
请不要用这样的眼神看我
乡音仍旧是我的编码　不是
回不去的曾经　苍老了我的记忆

烟雨笼罩了全新的旧时容颜
青草地上的脚印呢
你老了十岁
终究敌不过一棵树的坚守
秋叶凋零来春再葱翠
都不再是过去的模样

在旧薄的时光里祭奠

多年前　那一季的某个断层
飞翔的天使折断了翅膀
一个家庭失去了重心的支撑
父亲的绝尘对每个人都是伤痛
岁月以穿梭的方式轮番包装
它的声音盖过人间草木

今年的阳光很明媚　油菜花开遍山野
内心汹涌的气息澎湃了双眼
一条路的泥泞　不堪的回忆
哪里是可以重生的希望
思念再绵长　也无法
挽回一个人的离逝
多么寂寥的清风
野草吞噬土丘

这一天　大多是兵荒马乱
再美的阳光也是苍茫寒冰
在旧薄的时光里祭奠
这份记忆是我所独有的

就像有些伤痛旁人永远无法体会
活着的隐忍感觉都一样

传统的祭奠　在春天
活着就是生的延续
满腹经纶在这神秘的世界里呈现
不再纠结东拼西凑逝者的岁月
愿逝者安息　只在这里延续传承
清明　放逐思念

学会离别

有些时候　春暖花开如四月天
空气中弥散着沁人的芳香
所有的爱意就此满心留驻
时光如清风亲吻那时的脸颊
更多时候我们学会离别　犹同
夏天挥手烟雨朦胧的江湖
冬季再告别田野金色麦穗
相隔一个季节　雁阵呈现时
白云就这般漫不经心飘过银河
叙利亚凌晨四点的天空
103枚远程导弹所携带的强弩
呼啸而来　又烟花般毁灭
我们和所有的事物都学会了
活着与离别　一滴露珠渴望抵达

流水账　无情地

所有的山盟海誓鹦鹉皆学舌
终究抵不过一个现实
如若你相信了　我也相信
唐诗宋词里的千年偶遇
树繁叶茂落无声　我仍然是
世界上的银杏树袒露在冬季

青春不懂夜的黑
百合花灿烂的盛放
许多时候你我都迷惑了
给点雨水就泛滥的鸿鹄大志
十里和风走着走着
新径已然成旧途
所有的爱情概莫如此

语言是空气流通的马蹄声
草原上确实扬起蓝色灰尘
烟花三月下扬州

全是春天惹的祸
桃花开了满园姹紫嫣红
木棉花花染春红　诱惑常有
一年四季不变
就是生活一直在变

流水账　无情地　吞噬百色老城
南瓜仙子躲在秋天的矮土墙下
与秋风无缘的只是这一朵么
从染缸里捞出来的　那是欲望啊
爱情承载不了物质的利欲
岔路给了一盏自我救赎的灯
一念天堂　一念地狱

笑容里长出的稻草

如若赶上刮西风的日子
一湖水吹皱了我的眉头
像天上唯一的云朵在哭
苍白让我沉默至哑口　此时
你要对我露出那心底的微笑
漫天的雪花不在五月飘落

假若呵假若　我是说假若
一只狼的眼睛在黑暗中闪着光
穷凶极恶般追逐肉体　在蚂蚁
必死的路上　请不要忽略我的呼喊
敛起你的懦弱　与风车战斗
不输我如此温情脉脉的笑靥

这不是假面舞会上的道具
是白天与黑夜的慈悲脸谱
流水年华里总是雷鸣电闪
山崩地裂前　你明眸一笑
微笑中长出的那根稻草　便可于
堕落的边界掳走我的灵魂和肉体

雷打冬

一　雪纷纷

昨夜悄然闯入的大雪
被一声闷雷撕裂
我以为强权的雪
可以覆盖大地万物
窗外的树
即便被冰雪包裹
一阵风就让翠绿晶莹剔透

二　闷雷

冬季苍穹轰鸣的雷声
打破了冻夜的僵局
一个没有闪电的闷雷
俨然是法官的惊堂锤
只是薄冰上的雪
很快被凌乱的脚印篡改

三　惊悚

人生时常依据所谓经验
就像智者躲在线装书里

因为雷声隆隆　　以为
春娃急切地敲响了铜钟
两岸桃林引来绿池繁花
事过境迁才知晓
雷霆欠世间不仅仅是一个雪夜
而是秋季满园丰硕的果蔬

两个东西不能直视

我曾以为　以为哦
翻过了那个山岗
就能够遭遇到流星雨
看到星星闪着紫色的光
夜晚我就这样醒着
直到太阳爬上树梢

最初的雨季来临
稻田里未曾谋面的蓑笠翁
岔口那么多　在我来到这里之前
注定了只能捡拾那个斑驳的蓝莲花
错过的风掀开重叠的桑叶
抖落一只正要化蝶的蚕蛹

梨树渴望一树繁花　风
一下一下晃荡着田园的秋千架
那个播种黑玫瑰的故人
运用谎言的魔力　涂抹蜂蜜

借所谓法律的屠刀　伺机暗杀
提篮来浇水的兔女郎

无意撞见兔耳朵的伤口
梧桐旁徘徊的我　被人告诫
世上有两个东西不能直视
一是正午的太阳　另一个是人心

梦　游

——坐海轮一日游记

东京的繁华是一种猜测

福冈小镇有茂盛的森林

皑皑白雪的富士山

空中飘浮着硫黄的味道么

樱花开在别的季节

响彻来年的期待

或许是细雨蒙蒙

或许又是冬日朝晖暖暖地

这个国度的版图

在我博大的祖国旁边

细长如一条新干线

海浪拍岸

咸干鱼般裸露在宇宙间

太阳却做成了国旗

天天迎风飘扬

呼啦啦　唤醒了我的一梦南柯

豪饮的都是异域风情
却初见如故

只是听闻了你的远游
夜晚　我背着一生的行囊
假装旅行路过你的国度
追忆着最美的年华遇见你
羞红了如花的容颜
听凭自己内心的暗潮涌动
秘密地生长在异域他乡 梦游
一次不能远足的会晤

一个人的沙漠

——一张旅游照片的看图说话

一

不知从哪个方位来的
亦不晓得要奔往何处去
茫茫沙漠的独行客
穿着与沙漠相似色的衣裳
扎着头巾背着小包
探访沙漠　出逃　背离　跋涉
多种解读方式
浩阔与渺小的视角对比

这是一张旅游照片
摄于 2013 年夏季
在她身后看不见的地方
有同来的亲朋好友和陌生人
他们都热衷于站长长的队
玩各种形式的游戏
有人只想体验在沙漠中行走的感觉

甚而打个滚　或者号啕大哭

这张朋友抓拍的照片
用来作了微信头像
特意地保留　甚至想
将来可以作一本书的封面
抓拍的人肯定不知
被拍的人那一瞬间的心情
后来看这张照片的人
只赞叹画面构图的唯美

许多事情被记录的都是表面
经年之后看照片中的自己
事过境迁　模糊了记忆
或许心底仍划过一丝忧伤
日子仍在朝前走
站在现在望着过去的自己
大漠沙如毂　快走跕悲秋
寒日生阴风　天涯谁同游

二

在历史背景的边缘
一个偷影的白衣人站在木舟旁
没有桅杆　没有风帆
不是诺亚方舟不是在阿勒山区
只是景点的装饰物
窥见人间烟火旌旗猎猎
不倚仗任何　决绝

是风造就了大漠　还是
雨水遗弃了这片区域
沙漠的深处不见飞鸟
会遇见载着物什的骆驼么
渴望着被驼峰救助
不敢抬头仰望天空
低头与一首诗歌相遇
或者　藏匿沙漠成一统

避世　中国文人的图画
偏又种菊东篱下
吟诗歌赋声名远播
蓑翁垂钓扁舟　空了茅庐
千年被人遗忘的写真
淘尽了矛盾二元定律

认定了内心的探幽之明
独喜这张照片之隐喻
胜过少年娇羞强说愁的自己
以迈步的姿态追寻远方
延伸着无限的可能

可以否定自己的参与
时间尽管在此一刻定格
画中人的孤单身躯　以及
照片背后奔跑的故事
模糊了一个人的人生分水岭
如同沙漠的驽马跋涉

风大　无痕

历史总是惊人的相似
有着超越荷尔蒙的力量
穿越火线时空　复出
抵达随心所欲的自由　如若
躲避不了生活的全部
那就包裹好自己的内心
存在是永恒的经典
孤独是一种生活指数

三

朋友画了一幅图
同窗九年不说话　彼此
青春萌动是一道风景
为赋新词　画过我年轻时的侧颜
那幅画一直存放在他那里
我只是作了他的模特

不明白他的选择　偏偏画中人是我
在那个小城市有许多靓女
照相馆的柜窗挂了许多彩照
他背着画夹与靓女招摇过市
或者骑一款新式自行车
叮铃铃响过整条街道

低头看微信的观众
不愿被人遗弃　赶上潮流

图表挂上一个人的迁徙
日日宣誓就任仪式
天天昭示无边的孤独
博来众多爱心点赞
阅读不及五分之一

懒活　为周树人之憎恶
儒家道家学派纷呈
道法自然各述千秋
个人难脱社会文化
一箪食　一瓢饮　在陋巷烟火度余生

相逢在三十年后　他的个人画展
浓墨重彩画花卉
极简描人物　为他所擅长
结婚对象不是那个美眉
跨界越阶女医生　两条线
拯救肉身的白衣天使
另一个人企图拯救灵魂

小桥流水　溪边读书女子
他慨叹年轻时的懵懂懦弱
书箱二万册不再是梦想
却推荐蘑菇街电子书屋
精装书只是面子工程
所有人都在左顾言他

许多人不懂得他油画的现代性

更多的是外行看热闹
慷慨的男人说要送画
有的人心里便滋长了贪婪的欲望
艺术滋养在和平年代
收藏记录个人财富生长

在他工作室里有许多画
画架支着　模特儿不在现场
煮茶论旧事　世事已沧桑
离开时仍然是两手空空
画家是唯一寻问沙漠奔走的人
只是在梦里扯回了过去岁月

一个人的沙漠　照片
竟然扯上绘画关系
没人知道沙漠背后的故事
孤独是常有的事　陌生
此孤独与彼孤单是两码事
即便同是孤独亦各不相同

MEI
HUA
LUO

梅
花
落

第五辑 DIWUJI

虚
拟

◉

风从那边吹来

风总是从那边吹来
茕茕孑立在风口浪尖
面朝你来的方向
蒲公英种子飘落身旁
如果你来到水之央
我会在梦想的岸边等你

多想长成一朵花的模样
盛放春的扑朔迷离
留住你缓慢的脚步
嗅到朵儿深藏玉蕊的羞涩
随风追逐飘飞的纱巾
遗留一缕清香

荼蘼花语　淡漠红尘
抵不住时光清浅
风凛冽　花瓣乱了精致妆容
倏地　陨落一生的秘密
唯有泥土和风
记住了世间的缠绵悱恻

在郁闷的世界里撒一天野
——写在愚人节

这一天我们与世界有约
诙谐幽默　滑稽搞怪
以促狭的方式娱乐
解开平日背负的十字架
你眼睛看到的　耳朵听着的
全部都是虚妄的荒谬的
在这郁闷的世界里撒一天野

当然　这需以庄重的政治形式出现
以优雅高贵的气质伪装
一本正经的谎言才是真正的快乐
我也端庄了三百六十多日　　等待
露珠藏在树枝后面闪着泪花
夜深了　我开始怀疑自己的生活
失却了创作玩笑的话题
或者压抑太久人们都没有了灵感
微信圈里没人疯转哑然失笑的事故

愚人节本身就是一个愚人愚己的节日

多年前张国荣那天的腾空一跳

没有促狭的玩笑成分 皆为上钩之鱼

早些时日宣判的山东辱母杀人案

因为不在四月一日的灵异事件簿

或是已过正午 错开时段播放

互相欺骗相互捉弄既成事实

混沌状态下人们忘记了四月之愚

——好吧 今年的愚人节就这样沉闷过去了

年轻时的恋情

爱读书的少年痴念着
做了一回回鸳鸯蝴蝶梦
完全不知道自己喜欢他什么
单薄瘦高挑的个头　稍许
忧伤的桃花眼　水深三千尺
听他唤自己时的语调
偶尔花样翻新的称谓
字与字之间的停顿
温情脉脉且富有磁性　还有
他猴长的手臂环过来的感觉
唯一一次跳舞
至今想起仍面红心跳
已经是知天命的年纪了
还是不明白不了解
心底深处的一汪清水
经年不见　在听到他名字时
依旧春波荡漾
手心湿润了

上帝能给我答案么
那个未曾开口的季节
是为自己的内心秘密害羞
还是想知晓
或者他也是　仍在
爱着我的那个少年

你我之间

你和我　我们之间
莲花般盛开过
你必定要进入我的世界
木棉花开在你经过的地方
憧憬　乘着歌声一同爬过山岗
蒹葭新萌时节

秋天　我们却没能收获果实
青草地的小花疼弯了腰
芦苇荡里秋千架空了心
太阳在目平湖的水天一线升起
夕阳落下时　未见
洞庭湖畔那个割苇少年

爱情承载不了太多的物质
在你需要我的时候
我一定是陪伴在你身边
那个如莲花般的女子

陪同你落泪
共饮清风明月

懂得你的木讷
知道你志存高远的心
却不甚知晓你的脚步方向
不做解语花　却做残花手
是不是不设防的微笑
俘虏了你片刻的欢娱

有些人注定是交际花
维特曾经烦恼过的
于连也热烈地相爱过
你在推我飞向天空时
是不是已经写好了结局
冬木萧瑟

山花还是开在了别的季节
你我之间
岁月随风飘散

激情澎湃的静谧

许多年过去了
有一幕场景永生难以忘怀
在蔡锷路这条并不繁华的街道
一座茶室旁边是一廊小书屋
有一个羞涩的女子　渴望着
温情的拥抱

许多年过去了
曾给予她最无私帮助的那个男子
这个场景一直温软着女子的情怀
吞噬着她的年华
胆怯着那一步　未曾
跨越的梦想

从那以后
清凉的夜　枕边留下滚烫的泪
白日却整装待发
收敛起那份炽热的疯狂

然后又以决绝的态度　成为
他人之妻

从那以后
她用静谧的方式澎湃着自己的内心
把从西边吹来的风当作他在抚琴
漫山遍野搜寻他留在照片上的微笑
有时会不顾一切长在他必经的路上
却是高楼城墙

与一朵花对话
不惊扰翩飞的蝴蝶
不藐视万物的生死离别
活着　活在当下
如此凄美的故事
让我感动　却不属于凡尘

山　盟

山那样重的男子不是很好遇见的
像山一样不移的女子也不易寻得
从彼此相知的地方开始
才能种下可以发芽成林的愿望

有时　在广种才能薄收的土地上
不是因为给予了阳光便拥有了灿烂
必须先付出辛劳与汗珠　等长大了
搬来蓝天白云　倾听你们的山盟海誓

心是一片比山更高　比海更深的土地
当彼此的爱到了一方山脉峰岭的境地
要时刻张开脆弱的胸襟去创造生活
如板的歌声才会把春天的笑脸收藏

在虚拟中到达

五月　我在雨季来临之际想你
希望自己可以化作水流
从天上落下帷幕
这世界是透明的
绝不是泉水倒进了眼眶
在雨的裂隙纵深处反复探寻
像多年前芦苇花的翻飞
于午夜的风声里演唱梵音

开满玫瑰的花园是虚拟的童话
我从东篱的栅栏边跑过　练习孤注一掷
这一刻的鸟鸣与树叶多次相逢
阳光透过玻璃　大量预言消融
在梦里　我玩的是这样诡异的游戏
连续听许多次你的咏叹诗歌
等待不同形式的相遇
等待拥抱　言和

今天是情人节

今天这个日子有些闹热
有些事情在远处发生着
至少诗人们
在写热烈或者优雅的词句
四周喧哗　蓝色妖姬满街奔走
我的思绪却凝固了

我的情人节是锅碗瓢盆
做一个与油盐酱醋为伴的煮妇
待到灯黄花枯
窗外流金之地
那个手捧鲜花的青年
是我眼见最好的风景

人生若是没有遇上
瓦伦丁那个磁性的声音
希望　或者明天
太阳依然这么明媚　你

带我去布拉丁的村庄
我的世界很需要光明

今天是大洋彼岸的情人节
编纂了动人心弦的故事
与罗密欧朱丽叶无关
有人这么告诉我
只是让玫瑰花的快递
打造文化的精髓

世间总有那么多的精灵
普通的花朵注入灵魂
平常单调乏味的日子
捣鼓出一些声色犬马
譬如音乐与鲜花
再如爱情与欲望

放牧云朵的人
借来别人的深情
滋养自己的生活未尝不可
玫瑰花总是美好的
不妨站在这路口
想象自己被爱着

人间四月飞雪天

四月的北京大雪纷飞
恰逢清明前一天　上午
阳光灿烂　下午雪花飘飘
上帝用纯白写了一首诗
将三月善变的脸复制在四月
丑陋与繁花一并雪藏
这一场雪　只是
白云生处一场激烈的角逐
与窦娥的六月雪相距甚远
倒春寒的四月雪花哦
让掌声躲起来　鲜花穿上冰衣
春虫僵硬

心照不宣

人们在赞美春天的时候
我却悄然埋葬了一段伤悲
自以为日月同辉的友情
被岁月的寒霜摧残
冬来的季风剥落
伪文艺浮夸的外衣
正如一幕好戏的落幕
有着诸多的不堪

四季变幻成这样
不知道自己到底想要什么颜色
这种感觉真的不好笑
一切都在于自己的内心感触
最终的结果已经写入普法草案
不能再让别人的无聊来消耗自己的时间
还是选择相信美好　善恶有报

相信很多走过路过的人　皆有佛缘

给予生命的厚度　历练成金刚
不再把抽刀断水误判为雨后彩虹
仅为一段际遇后的启示录
失去的永远都不是友善的花朵
佛说前世五百次回眸换来一次相遇
心灵的窗户打开通风采光
效果是心照不宣

距　离

用真诚执着与期冀的脚步
丈量现实到未来的距离
独自站在时光的转角处
期待一场矢志勿忘的相遇
恰如春风遇桃红　默许
一期花事胜却人间无数
终是罗生门的陌上行走
花不见桃　桃不见花

生命中有些遇见　终是
隔着山高水长的距离
散落的芬芳　错失花期
树不懂得风的飘逸
风也不懂得树的坚守
依然循着光阴的流转　嫣然
站在渡口守候一抹清影
遥望一种静安岁月

没有一种距离比心路更遥远
永远无法抵达的彼岸
距离是如此迢迢又真实
在时光的碎片里绽放美丽
现实不达的彼岸
再用冷漠的心挖一道沟渠
我想你时　梦中
你在灯火阑珊处

世界上最遥远的距离
就是你走过的城墙边
青草上已经没有我的足迹
梧桐树花开花落
而我　却在玻璃门这边
看着你日常的喜怒哀乐
孤立无援

雪　藏

所有被语言激荡的妖娆

如同玫红的桃花在坊间怒放

在盛夏的森林　野火一般燃烧

戏剧里的时间　空间

如高空中飞翔的风筝

如暗夜里开出的一朵花

你是我自然的修炼之路

如同我热爱这玫瑰的芬芳

所有美丽的谎言皆因诱惑

一个铺满青草与鲜花的陷阱

即便我选择相信美好

这或许就是春花灿烂的缘故

相恋　相知　憧憬

设计好所有的场景

俯首称臣于秋季的果实

岁月啊　却覆盖着一场大雪

虽然滋养了他们的人偶

青石板依旧把生活磨碎了

日子与虚无

逝者如斯夫　不舍昼夜

——孔子

手中流失的是日子

自然界所有的生物　皆以

自己的生命形态延续于生物链中

无关乎征途的长短

我空着自己的岁月

只为等待　直到虚无

风吹耳　月穿云

每天都有千条通往你的路

光明与黑暗更替

生命与死亡角逐

须臾间拼得你死我活

我们的日子滚动

眼见着气球飘飞

河流上一只挖沙船正在作业

十字路口的红灯变绿灯
世间所有的法规都写着秩序
我守住的只是时间　守不住的
也是时间　不知道用什么来纪念
作为景观　你在别人眼中的风景
像公交站牌被无数人瞥过
物欲横流犹如暴雨顷刻铺满大地

肉体就在那里存储着　一棵树
容易感知春秋　蝼蚁尚且苟且
我给自己投毒　一粒老鼠药
搅乱了一锅汤　你的心
比天涯更远的遐想
不过是惊鸿一瞥的灿烂
一瞬到一世——不过如此

走来走出　还是走向虚无
别在无聊的事情上晃悠
晃荡掉岁月的抓痕
在某段旅途中丢失的
让它挂在已过往的站台上
不让细小的沙砾脚步踉跄
从河东到河西　另一个春夏长廊
朝阳如约东升

我不是诗人

一

我不是诗人　真的不是
只是想念你时　明媚地
把想念你时的模样　写了下来
用四分之一的春秋体验世界的温度
一起走过的街道　看过的湘江东流水
开满夹竹桃的堤坝　枫桥边搬家的蚂蚁
就是这些　我就被唤作成
别人眼中的诗人

二

别对我瞪着发光的眼睛
是叽喳的雀儿扇动了我的睫毛
时光总是走在前面引路
一次又一次引诱我梦中的美好
半迷半糊间　被迫勾搭成了情痴
在时光里敲打出另一个自己
如板的歌声在秋季唱响

命运非我所想　也非你愿
就这样吧　我就被唤作成
别人眼中的诗人

三

是不是太鼓噪　知晓你的人是我啊
不认可我的人　我还是我
我只是这个世界矛盾的影子啊
在万千思绪的逃亡中　我
遇到一些有趣的宝蓝石
从盛开海棠花的窗台横穿时空
去采撷天上的白云
从文字的表面看　做一些可爱的梦
头上罩着诗人的光环

我不是诗人　真的　不是
当忧郁的器乐始于秦殇　此时暴雨已过
岁月蹉跎最清醒的凝视　回眸
如若许我一世春秋
我定然策动一汪清泉　任其荡漾
凡心所向　俗生所往
为着你的缘故　向岁月乞求
在生命的澎湃之中　一种微妙的体验存在
我做你的履历官　你为我的典藏版
图腾成为一个人的艺术文化
就是如此　我就被唤作成
别人眼中的诗人

迷　失

那个有雾的黄昏

一个城市的柔情蜜意

樱花秘密开在六月

大海潮起潮涌

我听信了蛇的谗言

所有的欢娱被贴上标签

尽管一部戏的结局都指向落幕

无足轻重地　浑似

你知晓一切都将走向死亡

需要回光返照来验证过程的战栗

黑的夜　我被罪恶之花掳走了灵魂么

峡谷的缝隙完全将我吞咽

凛风在慌乱中摇曳着银杏树

落下一地金黄的枝叶

黑腥血雨的林莽间　我傻立着

像一块耸立了千年的无字碑

最长的夜在于习惯了
失眠觉得无关疼痛
俄狄浦斯被诅咒的命运此时发酵
我纤瘦的手指再无力去挽狂澜
拥抱玫瑰　甚至
在爱恋自由前低下了高贵的头
在那个背阴的山脚下字句列队成行
我只是这个世界的影子

我们都在准备结婚

一个暴雨倾盆的午后　铁树开花
——我要去相亲了
在公园的一角　挂着猎猎旌旗
许多同龄人去相亲了
去见一个从来没有见过面的人
在那个有玻璃旋转门的咖啡馆
男女都带着假面笑容
心里各自盘算着
堪比菜市场挑菜般的思维
尔后　看窗外的黄叶纷飞

不是我们放弃了爱情
从 A 城到 B 城
空了时间　荒芜了情事
不知该如何去手握玫瑰
曾经让你辗转反侧的那个时光
那位让你寤寐思服了数年的人
——都在准备着结婚

不再妄想摸彩中奖
等待一个人成长
一切现成的最好
没有玫瑰花瓣的馨香
却送上了流金的钻戒
我们都在准备结婚

雾霾依旧　我们只有此生
能让彼此牵手的时光
不再因杨柳的青翠回首
沈园再度遗留桃花落
还是哦还是　还是
以一颗负责的心对待婚姻
慢看岁月的春暖花开
一瞬便是一生

其实我们只是行走在路上
换一种方式寻找
内心里仍是满怀希冀
倾此一生　为一人
不再满面霓虹闪烁

新　婚

而立之年是一条分水岭
不做与情感无关的荒唐事
血脉偾张是标杆
你懂得的
大多数时候我都在装睡
或者在睡梦中醒着
等待青蛙王子的亲吻
然后
你抓住我飘飞的衣袂
仅此一生　我纯粹的爱恋
今晚的月亮来自太阳的激情
当乌鸦啼叫时
苍穹长了彩色的云
决不会让黑暗淋湿自己的羽毛
我是你的天使
你懂得的

追　忆

多少空了的现在　留白在陈年
穿越春秋的高速路　过往的树木
在春天发芽　秋季凋零　桃花开了
又谢　落花无意　流水无情
旧时光新时光与你一起奔走
一座坟墓连着另一座坟墓
像突然冒出来的石头　浮动在青山间
白驹苍穹　又如何交流视域
往事不言飞落如雪　即使
下了一场雨水　他们也没有再活过来

我对你的爱

有一种思念　正如月亮在银河中的存在
不管你承认还是不承认　皓月就在那里
思念永远都是中秋月　你知晓的
江河对海洋的爱　大树对土地的深情
八月十五的圆月　是我对你的告白

尽管月有阴晴　那是怀春女子潮涨潮落的心啊
我对你的凝视并没减少半分　至于月牙儿上
依偎的情侣　哪一次不是我们翔飞的梦境
知晓也罢　不知晓也罢　想也罢　不想也罢
我对你的爱与日渐长　所有的思念一轮又一轮

苍穹之上你孤单地或众星捧月般爱着　有时
厚云遮住了月亮　乌云卷走了太阳　纷飞的
生活里总是黑暗坠入黑暗　箭雨撞击箭雨
圆缺考量着纯贞之爱对美好未来的执着
十五月亮十七圆　此事从来古难见

月华如水的夜晚　我们做着五彩的梦
沐浴在同一蓝天　一个人对另一个人的爱
那是地球对月亮的引力　月亮对地球的追逐
青山与碧水的倒影一样　他们都是彼此的彼此
守望着一份爱恋　地不老天不荒

最好的居所

假如允许发表想法
我想象着　恣意梦幻
傍青山筑起中式风格的四合院
与板桥兄在屋后栽竹子
前庭开桃花
于篱笆围栏边种菊
推门见小溪碧水
若是条件许可
闲骑毛驴吹牧笛

嘿嘿　小女子是不是走神了
在现代　即便是小茅屋的庭院
动辄千万与亿人民币身价
白骨精被三千月薪打回原形
欲望这颗原子弹没能飞越火焰山
还是大隐隐于市吧

改造世界不如改造自己

把连接客厅的墙推倒
砌三面从地到天花板的书墙
摆放大一米的书桌
无处安放的古籍码在床上
梦回唐宋香阁

MEI
HUA
LUO

梅
花
落

第六辑 DILUJ

熏
香

◉

谈一场风花雪月的恋情

我想与风谈一场浪漫的恋爱
像柳叶轻拂过你我的面颊
在耳边绵绵细语
风起时哦　无处不在
带你宇宙翱翔
看高山流水　惊涛拍浪
在青山绿水边流连

我想与花儿谈一场美好的爱恋
像玫瑰一般鲜艳妩媚
绽放在彼此的心间
不只是开在春天
傲菊迎霜　寒梅怒放
在你需要温馨时展露笑靥

我想与雪谈一场纯美的恋爱
做一个善良的天使
将寒流凝聚成晶莹的花儿

银装素裹你的生活
我也把我的鲜躯融入大地
献呈粉身碎骨的自由

我想与月谈一场生死的爱恋
跃上九霄　诗歌传情
暮云春树又岂在一瞬间
勿忘与月的约会
只要我来过了
爱便在那里　月华如水

我想谈一场风花雪月的恋情
让爱的和煦浸润彼此的心田
像月光一般朦胧
像白雪一般纯真
像鲜花一般美好
像风儿一般自由

你的爱恋是我的薰香

喜欢你温软的心
喜欢你弯腰为我低头的一刹那
喜欢玛瑙与玉石千年的纯粹
喜欢你欲为我遮风挡雨的情
你的巢是温馨的
昏黄的灯光下有你的温情潮涌
绿柳成荫　却又如此豪情万丈
令我措手不及

我拒绝你的温情
却在心底储存温软
晨钟暮鼓　踏水欢歌
任蓝天白云自由地疯长
在你目光触摸我的瞬间
疏影横斜　暗香浮动
桃红漫山遍野绽放

我知晓

温软是我的致命弱点
渴望着你的慷慨
又害怕被金钱奴役
我想纯粹地活着　不为
琐物烦忧
又担忧失去你的温情
这样　我再没有走下去的勇气

世界上有没有一种忘情草
让灵魂远走
为肉身忘忧
诱惑浮士德的魔鬼啊
让我与风车去战斗吧
激情过后喘息的却不只是身体
我高洁的灵魂呵
鹰鹤一般　却折翼于田间

爱我多一些
爱我更多一些　好吗
无法自拔的月夜
你的爱恋是我的薰香

为你而歌

在手无法触及你的时候
你的声音也是一种甘露
我知道　年嘉湖畔
有一颗心在为你跳动
爱你清朗的容颜
也爱你沧桑的心
为你储存的温情
呼唤着你　一泻千里

当思念澎湃
热闹的人海便是我的桎梏
飞越茂密的芦苇荡
洞庭湖碧波荡漾　白鹭飞翔
夏娃原本是亚当的肋骨
灵与肉不再分离

春季过后有秋雨
人生五味杂陈

在世俗的土壤里
我把心安放在你那里
灵魂也栖身你处
为你而歌　这样
你不再是孤单地播种
春华秋实

有时思念是一剂良方
空气中弥漫着你的芳香
我听从心的呼唤
为你跳动的顷刻
穿越千年的传奇
你懂得的　彼此的
牵挂便是此生的慰藉
即使隔岸踏歌
山花也浪漫

忐 忑

月华如水
归巢的鸿雁在呢喃
辗转触及琴瑟的字符
歌声嘹亮之前
你的心也忐忑吗

孤寂的夜
悠扬的歌声在远方
撩拨着爱的信物
激情高涨之前
你的心也忐忑吗

灯火阑珊
热闹的人海在前方
昙花一现的容颜
在呼唤你的那一瞬间
你的心也忐忑吗

煮茶论酒
高谈阔论的人儿在眼前
找寻你灵光越过的眼波
视线相撞的一刹那
你的心也忐忑吗

西窗剪影
茉莉的清香飘散
宽软的手放置在诗经上
诗歌诵唱千年传奇的时刻
你的心也忐忑吗

我忐忑着我的忐忑
如同小鹿撞怀
为你跳跃的脉搏
顷刻震颤全身　此刻
你的心也忐忑着吗

相　遇

幸福有时扑朔迷离
你我的相遇不似风月
栀子花开的十月
月下咏诗
山谷对歌

世间所有的擦肩
你在春华
我守着秋霜
萧条与颓废
正伴朔风而至

其实　真正的
友情爱情和善良
皆是在你六月飞雪
独徘沟壑边时
那只伸过来的手

相知才是真正的相遇
所有的回眸　一抹浅笑
就如星星点灯
渲染出玫瑰的热烈
日子衬托得温柔无边

执 手

所有的繁花都抵不过
你清澈如湖水般荡漾的明眸
所有的山盟海誓　于我而言
都扛不过你温暖的宽厚手掌
执子之手与一颗自由的心
北国之春漫天飞雪的喜悦
还有那漫山遍野山花浪漫梦之旅
拥抱大自然的勇敢加生命的感动
那只伸来的手才是我的彼岸
这世间所有的爱意都如此
乱云飞絮　花香缭绕

渴　望

一

每个女子

都渴望着渴望

遇着一个长着翅膀的天使

带你飞越黑夜的甬道

一生渴望被人收藏好

妥善安放

渴望待在最静寂的角落里

被最热烈的声音包围

你优雅地注视

是最天然的屏障

菜畦地怒放南瓜花和

清新原野的风邮来的牵挂

二

在世俗的生活里有没有一贴画

一种胸襟能像大地一样广袤

一种气度能像大风一样洒脱

一种姿态能像大树一样挺拔
一种自由能像雄鹰一样飞翔
一种笑靥能像花朵一样美好
一种情怀能像大海一样宽阔
一种拥抱能像春天一般温暖

渴望都是被压抑的私语
如果渴望只是写在心底
没有被肥皂泡鼓噪出来
就不会让河流冲走
孙猴子不是在五指山下
五百年吗　我揉搓了
自己绿色的自尊　渴望
蝉鸣的夏季带来秋天的丰盈

三

风摇绿了树的枝叶
水漂白了鸭的羽毛
彩蝶纷飞了春秋
当流星滑落天际
有一些遥远横跨过银河
渴望仍然滋生出万千渴望
渴望着你生命中所缺乏的全部
渴望着让我拥有这份渴望的权利

怨　妇

每一个少女　都有春花秋月梦
而我却做了你的怨妇
一手搂着自己的人生
一手担着其他年轻族群侵扰
在男权社会的艳阳天下
娜拉是出走过了　我们都在剧场
坐观流水走势　静看风雨变幻
还是　长风万里送归舟
每天去工作室勤勉奋斗
顺便接送被依赖着的小孩
再在油盐柴米间游走
守望在灯黄处
菜凉了　我热热

花非花　雾非雾

你非是你　你本来就不是原本的你
你本是你　你原本就是本来的你呵
侬本多情
水中望月　对月抒情
打碎一个　再捏一个你
无端端地你成为我的白马王子

高歌　以最罗曼蒂克的方式
唱一曲罗密欧与朱利叶
心花儿怒放　云端儿逍遥
杨贵妃如何　俺亦万千宠爱于一身
哪知九霄云外玫瑰花遍地盛开
一梦南柯　缤纷落英

人本多面为心所驱
明日黄花本如草履
千里长亭　北雁南飞
张生已去矣

爱情已然是千古绝唱
何必为李甲枉却性命
醉生梦死　游戏人生

梦醒时分凯歌已歇
风吹日落泪渐干
倾雨却做了厚重的灰帘
分割了你我的世界
何以忘忧疗伤
语言苍白轻于羽毛
海可枯石亦可烂
昙花绽放已是绚烂
世上原本呵　就
没有不凋谢的玫瑰

花非花雾非雾
你非是你　你本来就不是原本的你
你本是你　你原本就是本来的你呵
多情应笑我　殊不知
与风谈一场恋爱
一切随风而逝
花落泥土碾归尘

无人能解我的忧伤

就像一块枯涸的田地
渴望着雨水甘霖的润泽
爱情　它是我们灵魂的彼岸
我想用一个女子全部的真情
一生中所能为你准备的极致
玫瑰花一般尽情绽放

当一棵树一棵树列队成行
柳絮飞扬　小鸟欢唱
春季走了还会再来
歌声停歇　诗歌不再
灯火流溢处　只是
那满涨的潮汐将我击伤

自古的传奇里　人们
千年传颂着幸福的心心相印
只有我才知道隔着雾的芦苇
怎般期待着你　我的盛典

群星璀璨的夜晚　总不如
彼岸踏歌而至的你光华夺目
我要用一种爱恋靠近幸福
有月光的夜晚　这是
乡音里最疼痛的那一部分
激情奔放却绝不允许潮归大海

在黑暗的河流里
我咀嚼着你的温情
以我的方式读你华美的词藻
像丁香花一样滋养空气
但被你所遗忘的一切
随风而逝

所有的生命在现身之前
不是不知道应该闪避应该逃离
世界上最麻烦的是感情
无处安栖的灵魂
某些真理于灭顶之灾中呛着水
月光下　无人能解我的忧伤

珍惜与珍藏

我把珍惜放在时光的后面
埋进旧日的尘埃里
独自一人悲情
在灯红酒绿里踯躅
看大街上行行色色的人
冷漠的陌生的面孔
左右穿越
让时光慢慢地重复

回味是一个人的青春羽翼
我知道呵　破蛹成蝶
那不仅仅是珍惜与珍藏
一种超越不能忘却的记忆
不想让他扰乱现今的生活
却又让他呵
泄露自己苦难的岁月
让鲜花灿烂地长在未来

不是不念　不是不见
浅深山色高低树
风轻拂了一个空洞的故事
在时光里独自摇曳
待到秋冬白云漫卷满天雪
如若有一天你依然记得
勿忘你我今生的约定

掳 获

无须否认　有一种明媚的笑容
无端地一瞬间掳获了你的妙趣
一种火焰熄灭
另一种蓝焰摇曳
像麦苗一样长出嫩芽　抵达秋季
伴随小夜曲的歌声沉入梦呓

一见钟情与笑容绝对是共同体
即便云朵不经意路过
偶尔落下几滴太阳雨
都是爱意哦
有时顾影自怜或者自作多情
让自己骑上一匹白色骏马

如果那拈花微笑是真实的脚步
我明白了飞蛾扑火的诱惑
在悬崖边打开花瓣　你知道的
世间所有的风物都在变化
日子闪着光芒
如同和风搅拌着花粉

把你的名字藏在诗中

什么时候　窗外栀子花开了
思念就这样绽放了笑脸
繁星开始闪烁
夜色把一切都收笼为星火
飘在天际
在云朵后面

秋风拂过墙角
迎风而起的蓝色波澜
随着树叶的呢喃灌醉了微醺的我
一些心事只能对花语　尽管
孤单的身体是一座废弃的城
我还是执念走向未来

桃红柳绿　思悟多在水云间
你的声音飘荡在树梢上
心魔立马雕刻沉鱼飞雁
在新旧时光里　旋转
你我在小径
空中有彩虹织就的锦缎

更多时候　时间它偏袒了你
为你建造起一堵高墙来隔离光阴
六月夹竹桃似雪繁花飞溅
不见你的容颜昙花一现　就许诺
把你的名字藏在诗中
让我之心超越一切鲜活表现

有时候执念也会下雪

窦娥令六月飞雪
不是戏剧的艺术再现
有时候执念也会下雪
正如强权掌控风标走向
抑或一件事琢成永不凋谢
在岁月里边血流奔涌
那颗心若是蒲公英就好了
随风飞落山坡生根发芽

春一季　雪花也是一瞬
繁花绿池都是时光过客
如若执念在六月鹅毛飞雪
让一场霜冻覆盖万物的丑陋吧

旧时荷色

日子就这样漫不经心
苍穹依旧闪闪繁星
夜幕低垂下的荷塘和小径
阑珊灯火与草木的寂静
掩不住绿荷红花摇曳生姿唱新韵
声声慢　旧址换新景
雨打风吹去的岁月草木凋零
月照松林的地方断壁残垣
清风霁月皆为浮云飘来
人在此　心在哪里盘吟
荷色深处皆寂静
草莽一秋以身殉

另外一个你

更多时候　我不存在于我的生活中
似走进暮色苍茫　隐于天地间
我存在着　藏隐于你的视线之外
山峰还是那座山峰　高低树影斑驳
我只能　以我的方式
金枪鱼一般远离你的生活

在朋友圈之外　仍然
无法阻止迎面而来的虚无与喧嚣
在生活之幽怨里被创造出来的你
是我臆想出来的 另外一个模样
繁花都是枝叶的陪衬　日子这样写道
我身处光怪陆离的时光里来去自由

其实　我没有规划将你引入旅途
只是原野的清风明月　还有洁白的纸张
保留有我们相爱过的痕迹　真实地霓彩

在街头人潮汹涌的电子广告屏里　只是
年代久远了　你改变了黑发的飘逸
有些陌生　一个我熟悉又陌生的人

救　赎

怀抱岁月燃烧后苍凉的灰烬
你仍喘息于我的世界　精雕细琢
用有色眼镜　用玫瑰思维泥捏　然后
把你三个字的名字摆过来　摆过去
从此　我也不知道自己去了哪里
一堆没有情感温度的蝼蚁　找寻

我远游　以爱的名义呐喊　哭泣
企图用虐心的剧情来唤醒沉睡的天使
这种决绝的方式类似于自宫
阉割我　只为你生活得更好
有时假装成一只会飞的白鸽　自慰
零落的树叶与鹅卵石在小溪中安静极了

在爱情的彩排中
发现了贪婪的本色演出
一个熟悉而陌生的你
另一个陌生而撕裂的我

黑夜强扭成白昼　你再不来
我便化身神女望断天涯
成为你的传说　被千年传颂
我的悲喜由你掌控

世上的苦莲如同这世上的孤独与寂静
没有哪一次的凤凰涅槃不让人彻悟
你是我创造出来的神话　我还
缔造了丑陋的自己
一个是因为爱情　另一个
是为了遗忘　一种适合终身的救赎
不再在自欺欺人的音乐中溃败
我若离去　便默许你一世繁华

遐　想

在白雪融入泥土的日子
如何才能与你相遇哩
与你谈诗谈歪脖子琐事
铺陈宣纸看你写字作画
然后假装贤惠　借来清风
鱼煮豆腐　按照自己的喜好
美其名曰安排生活

现状早已脱离了遐想的样子
一切赖以存在之物不停改造
我悲哀地等待着下一场相遇
在膨胀的色欲面前
雪花总是走在前面
即便是在三月
春天还没来就过去了

重　逢

世间不是所有的离别都有重逢
幸福从未预设
空寂的时光　冷了岁月
都只是为了等待　等待着
繁华之中再加繁华
梦境之间再现梦境
柳絮飞扬的心念　谁当逝水
斑驳的记忆再难拼接一幅完整画面
岁月这块洗白的绸缎
曾经包裹过年轻的囚鸟　身体
从柳叶湖的后花园爬过来时
步履蹒跚　脸上不再满心忧色

一个生灵与另一个生灵的相遇
总是千载一瞬　流水里洒落光阴
相遇注定是一场美丽的邂逅
曾经暗香浮动的心事　一路向东
时间的沙漏过滤着无法逃离的过往

你和他一样　都在等待重逢
人生的悲剧不是没有相遇　而是
永远上演着一部独幕剧　你在银河
他在青藏高原　所有的期待
都在忽闪的树叶间写满跳动的音符

人生与爱情就像一包没有加碘的盐　有时
相遇也是一种伤害
相隔一段烟雨的江湖世界　我的春华
取代不了你的秋实　却从彼此的初冬里
品尝到旧岁月里沉淀下来的热望
像是一个自己与另一个自己的隔世重逢
闪电和雷鸣乘机掳走了年轻的缪斯
终于放下背负一生的心跳　忘却
即便是跨越一条银河的距离
你仍然是我命中那个注定要出现的人

偶　尔

我以我嫩绿而辉煌的渴望
猎取你盛夏的清风
像夹缝中野生的花
意念款款走向桃林
渲染那穿越树叶的颜色
挥手间　时光已老
似乎井蛙不止一个
偷窥的只是太阳的光芒

偶尔　我还是点燃我的情绪
自觉的与不自觉的偷袭
被挤压的岂止是欲望
整个世界此时卷曲变形
一摊玻璃片上生长着太阳
其实　只要回眸一笑
温柔地撩起绸缎绘就的时光缝隙
便可斜穿峡谷
看到你　看到你的盛装出席

一湖烟雨

不是所有的帆船都驶向彼岸
世间所有的风物却皆如烟雨
在岸边眺望
乌篷船与鹭丝鸟　杨柳树与农舍
于对岸招摇　更多的时候是不知会
一湖氤氲在无常中释放　还是
在光的有序中退回

写在眼睛里的黎明
破晓之前潜入十里长街
我不敢问故乡的风
是谁树起了高楼拔地而起
悄然刷新时态
抹去了我的生命形状
唯有一湖春水烟雨中

历史永远都是一湖烟雨　氤氲混沌
三千里路云与星月雕刻身心

如若你与众不同　又何必怕孤寂
容颜没有声音　仍在时间里镂刻表情
在这艰难世界的际遇
人类精神的最艳花朵　是你
为他浇灌　不是他为你过江东

MEI
HUA
LUO

梅
花
落

第七辑 DIQIJI

烟
雨

◉

关于回忆

对于回忆更多的是一种祭祀
不想说的或者我想诉说的
拥有和你一样的期盼
从此沉睡在过往的日子里
即使乌云翻滚的白昼或是
星月全无的黑夜　重新打捞
仍然只有自己在故里

在一个人的回忆中　总会有
另一个人的身影在某处
恍惚　无状之状　无影之影
一棵山楂树下灿烂的留影
仿若林海雪原的阳光
那个曾经的美好再度浮现
这样长时间肆虐如吸鸦片

一个人的本心还能坚持多久
总有人迷失　忘记了来时的路

世间所有的选择都有意义

假若世上所有的相遇都是不期而至
所有的选择则不都是无奈之举　如同
你的双脚注定向前迈步
左与右　非此即彼　都是艺术
蜕变中的自然而然

如果所有的选择都是利己标签
春花选择了时光的妩媚　可见
世间所有的选择都有意义
董存瑞代表着一代人的纯粹
又如王新法选择客乡埋侠骨
春花谢了　秋天会有果实飘香

一个选择与一个事件的因果
撞击到心的力是不能承受之重
如同峡谷茂盛的树木间缕缕光束
有了生活产生真实的和谐共鸣
曾经暗香浮动的心　一路向东
我们将以自我的柔和融入你的灿烂

谢谢你的执着

有时候　火花电闪雷鸣般碰撞
把蓝图与梦想铸成一种信仰
嘉兴湖一艘船上的灯火倒映水中
十三颗耀眼的星星　逆流奋进
青春飘扬的绸带鲜艳而内敛　我未能
体验到那种热血的澎湃　但我们
感受到了他们追求梦想的执着
因为执着而逝去的英雄先烈们
成为永恒的丰碑　岁月给予了秋天的勋章

分崩离析的社会　当我们跪下去的时候
那种触动心底之痛　在方生方死之间
有的人蛰伏在谷底　有的人则举起了红缨枪
中国农民被唤醒了
不仅仅是蒲公英把种子委托给了风
在汪洋中　纤夫们扛起了迎风的篷帆
蹚不完的沼泽险滩　攀不尽的绵绵雪峰
史料放在真实的架构中方显出伟大

时代最重要的拐点就像暗夜里的火把
如若未曾穿越血腥的黑暗
不会知晓黎明的意义
信念的种子引领我们走出暗狱
在我的视野里烧得通红通红
我的目光穿透雾障绝壁　那些为理想
奋斗的精灵　他们的大爱无疆他们的坚持
怎能不激励我们满怀信心踏上新的征途
从来没有一种执着会被遗忘
你的坚持　终将美好

美好的生活是一场抵达　是一次超越
无论你是谁　谁在说　只要活在这个世界
人生的哪一个季节　都不可省略
让我们的祖国更强大　人民更富裕
一直保持一颗明亮的心　勿忘初心

把我们绣在画中相守

——致首届道德模范吴耀存

心有玫瑰　如沫春风

将爱恋画出葱茏的模样

岁月的绸缎上

一个男子俯身病榻

双手握着他妻子

毫无知觉的植物人的手

把似水的柔情

定格成深情凝视

时光深处存在过的

那些坚硬的苦难　厄运

在这里历练着一个男人的品质

"只要我在　她就在"

目光穿过长满青苔的庭院

任坚守成为一目了然的情书

风雨中传递着爱的密码

纷繁复杂的世俗生活
药品与呻吟的伴唱
金钱与事业的交织
一种神秘的力量所潜伏的
那份执着与追求
在年轮诸多的褶皱里
隐藏着无数的可触摸的质感
成为生命之中的光照
互映彼此的生活

一个是困境中傲然挺拔的董事长
一个是脑梗瘫痪在床的植物人
被滂沱的雨冲洗的沧桑
是什么支撑了他们相守的 11 年
四千多个日夜　甚至更长久
穿越时空迎面而来的
飘在长沙城上空的旋律
谱写的是两人传承湘绣的爱情故事

现代社会的爱情
白头偕老变成一种祝福
吴耀存内心深处的爱
欲将彩线绣厚重
在这里　过去的　现在的
未来将要遇见的
青竹湖的清风 田野 稻香
于五彩丝线的坊间相聚

"把我们绣在画中相守"
在嚼食人间烟火中
是对执子之手的坚守

和平年代的锦衣

一

岁末无端地从苍白里飘来雪花
把过去埋葬在泥土里　再在
泥土上覆盖一层纯白的颜色
好像一切都是新的
岁月可以重新来过
却在我的额头刻上鬓霜
世界并不按我们的意愿存在
梅花朵朵也不是原来的模样
即使你仍在原地　穿上锦衣
却再也回不到前年雪落时节
一钩新月天如水

和平年代的锦衣　如同
商品外包装设计新颖的图案
我们都包裹着自己的肉臀
同声咏叹着时代的凯歌

二

饮食男女

与诗意结缘的人儿

心中必然有一片蔚蓝的天空

日子过得纯净又光亮

如同泸沽湖妩媚的水

镶嵌在群山环抱静若处子

蓝天白云绿草青山

有趣的是

天宇随意搭配色彩

而绿意永远茵茵葱茏

在生活中咏诗的锦衣主角　　总是

目光如豆投向一汪清澈透明的水

让诗意栖居自己的视野

一朵小花也会荡起无限涟漪

风花雪月借以抒发心中块垒

或者干脆把诗歌别在衣襟

媲美那些

脖子上悬挂的钻石项链

布衣也是花团锦簇

缣 帛

这种东西现在鲜少流通　缣帛
在简牍传播伦理道德时
缣帛是权贵们的专属
直到印刷术纸张的出现
人类文明跨越了一大步

中国古代的文字
全靠死记硬背　你有时间
风月　绝没有时间躬身田垅
文字是一道天然的屏障　书中
自有黄金屋　权柄才是人生的顶峰

少数人的狂欢非王者之道
新文化运动用简体字普及思想
高贵者自有高贵的灵魂
低微者也有喃喃自语的表述
思想意识才是真正的缣帛

我们现在用电脑写作
采取拆开横竖笔画输入　或者
敲打键盘上的拼音字母
有时冒出来一串莫名其妙的词组
让你捧腹大笑

一片叶子在寻找风的动向
你若不想动　谁能引领你
快餐文化与在缣帛上写字
在这中间的诙谐风趣　多种跨越
所有的更迭不只是阳春白雪

根　雕

一切植物的根
你是王者等级
蜕变
虚幻与神似都是给别人看的
根雕的梦想　亿万年来
你在向地球深处探寻时
传播的虽然是大树的梦想
但是你啊
更向往着天空的广阔

磨 砺

其实只是一则小概率事件
偶然路过电视频道在线
窥屏实习生的故事
不经意间撞到我的世界
那个谦和微笑的青涩姑娘
对每个人都堆出小酒窝
她所经历的
不知道什么缘故就遇上
漫天飞雪　与戏剧相似

曾几何时
讷言或不屑争执被视为软弱
旌旗猎猎　胜者为王

其实所有的刁难都是磨砺
所幸不惑之年依然执着
坚定长在心头
头枕古籍与诗歌

让人醉在善良里
不为世俗沉沦
过着有滋味的日子
写一些关于心灵的感悟
不被丑恶嘴脸击倒

嫉　妒

你被拧出来　如同残壁断墙上
伺机探出头的鸟　未必能逃脱
爆头的命运　活靶子
指鹿为马沦陷于强权
被人间烟火熏红的双眼
心也颠簸成崎岖的山路
错过初春梨园的桃红
蛇信子掩藏于杂草丛中
祸害人间怎得安生

过　客

听风吹过来又呼啸离开
无数人从我的世界边缘路过
所有命运馈赠的礼物
早已暗中标好了价格
目光如炬　以审视的神情
看戏剧场景里的起承转合
漫天雪花飘扬　群魔乱舞
风吹开生命的花蕊

血肉之躯受之父母　曾经
父母是我们身心的全部
我们养育儿女　寄予厚望
图腾或许是生活的希望
从局外彻底走进世俗　又
从彼此的生命走过

有时潜心预谋侵入他人领地
攀岩摘果　偷得浮生半日闲

更多的人从未谋面
圣者思想却盘踞了纷呈世界
也有人大踏步跨入
擦肩告诉你人生智慧

在波涛汹涌的航行里
有人出现在春色撩人的季节
有人拿着利箭　涂上蜂蜜
暴风骤雨横扫你的世界
岁月能愈合一切　如若你坚强

时光之河流淌着　　日月
生命之树常新　生生不息
站在原地　复活
过去　未来　现在
树争百年　草恋春秋
不过是沧海桑田
总有人于悬崖边伸出长臂
我怎能不留存他人真善的馈赠

无数生灵与万物生长
廖若星宇　渺如尘埃
山崩地裂后仍是朗朗乾坤
世界是你自己的　哦哦
我们都是天涯过客　温情总在
江河扁舟烟雨中

博　弈

月光斜洒窗台　哇声鼓噪

我想要安睡了

安顿好自己疲惫的肉体

以最好的姿势躺下了

大脑却不肯同步

思想顷刻间万马奔腾

草原扬起厚重的灰尘

蛙鸣般鼓鼓噪噪的异国言语

脱缰的思绪与身体宣战

有形的东西总是被

无形的力量打败

身体偶尔占上风

睡梦中奔波劳累

一柯南梦　肉身酸楚

心绪跟着血脉偾张

二者生死博弈

肉身对灵魂说
你依附于我生存
没有我的喂养根本不存在你
灵魂宽厚地笑了
虽然我们是孪生　可是哦
千万年后我依然流传世间

好吧　我承认自己
失眠了　凌晨三点
在这物欲横行的世界
如同行尸走肉般活着
不如与你签约合作
任凭孤单的心　迷离的眼
抚慰自己生命的荒凉
决不在岔道口转弯

有些事情无法透视

墨镜无外乎一根扁担两个筐
却不能一分为二观察世界
社会在你眼里都是色欲
一种颜色　黑白不分
看他人时主观里都是置疑　却
善于隐藏自己的真实表情

大街小巷到处挂满了摄像头
依然无法穿透墨镜后的语言
无论你从哪个角度抓拍
不得不说　我们获取的
一些是伪装真实的影像
另有一部分是无法透视的表象

苍白的角逐

要努力说出自己的声音很难　尽管
舌头喋喋不休　发出不同的声音
鸟在树上叽喳　昆虫在草丛鸣叫
你能听见这个顿挫带来的疼痛吗
一千零一夜里古老的传说
娱乐圈屡屡上演罗生门么
谁选择了一块不透光的苫布
罗伯斯庇尔吗　白天穿上黑衣裳
在这场充满了轻率与凶残的雷电中
疾风狂卷围墙上的野草
你说你的　我讲我的
你懂得的　我讲的故事都是真实的
隐喻总是有多种解释
有时不一定是思想的代言

坐着羊毛飞毯的少女

时光与你一起奔走　不管偈语
故乡的影子倒在水面上
照亮了内心的魔鬼　绿色的
眼睛里写着一种热望
小鱼羡慕青蛙会飞
从一片荷叶飞到另一荷叶
山那边的星星在黑与白之间闪耀
踮起脚尖仰头眺望　再眺望

三月细雨敲打洞庭湖的芦苇
母亲忧郁的脸上泪雨倾盆
淋湿了篱笆墙边的月季
越过山岗的少年没能抓住风筝的线
那个坐着羊毛飞毯的少女　牵着气球
飞过了原野　飘落在另一片森林

小兔抖擞精神与乌龟赛跑　没有终点
嘶哑的呐喊声震落了雷电

每个时间段分裂成坚硬的物质
你既有所求　便拿来灵魂抵押
人间世道依旧　诱惑浮士德的魔鬼
在皮肤里长出了皱纹　那些夜晚
蹑足走来的寂寞无孔不入

太阳依然照在目平湖上
月亮翻过紫色的峡谷　在另一个城市
着兽衣的猎人伏蛰在灯红酒绿的舞会
九尾狐狮子老虎都在现场　披挂锦丝绒
布置了一次又一次的行动　假装
炼丹炉里火凤凰百炼成仙　架构一个
彩虹般绚丽的桥　如若金钱掳走一切

那个难以理解的那些寂寥敲打岁月
有一些腥味走出汗毛孔　令人惊悚
即便毁灭了自己　岩石
也不会流出血浆
木鱼仓皇而逃　从此
穿上百衲衣
在故纸堆里拾贝　拼上血泪
用方块字码满飘浮的绸带
在慢板中死守着语言深处的烈焰
舌头动个不停　思绪却飞身原野

把诗歌别在衣襟

如同雪地梅花
照亮了冬天的视野
把诗歌别在衣襟
装点生活的浪漫
日子有了丰盈和远方
内心温软宽待他人

如若一幅百媚仕女图
把诗歌别在衣襟的
终归是有梦想的女子
在岁月的褶皱里
打量日常
让阳光照进现实
撑开生活的褶皱

她们站在岁月的树梢
凤眼眺望远方
即便是森严的男权社会

玫瑰花开盛世一隅
亦能独领一代风骚
诗意盎然　诗意栖居

跨越千年故纸尘埃
旧院哪堪回首　回眸一笑
三千发丝挥手兹去
女子也可青梅煮茶
独立傲骨写春秋
自有一番风韵在眉头

MEI
HUA
LUO

梅
花
落

第八辑 DI BA JI

半
亩

◉

戏剧的遐想

中国戏剧闻名于世
却以颓废的态势挤入非遗
小剧种即便使尽手腕
仍然是无以为继
少了观众的剧场
让人挥泪鼓掌把栏栅拍遍的场景
一去不复

当然　偌大的舞台有飘扬的旗帜
我看过尚长荣与言兴朋的表演
《曹操与杨修》的万人空巷
成就了演员　成就了剧场
《傅山进京》让人驻足
《红鞋》独特的舞台呈现
与人物命运情景交融
咀嚼反刍思想万千
多部好剧杳如黄鹤
刀枪入库

在上海活跃的小剧场　话剧
这个外来物种
似乎找到了合适的土壤
用蒙太奇解构经典名剧

以思想新锐取胜
挥洒现实生活时尚潮流

于沪　那个并不繁华的偏僻小街
一栋门楼的电梯通往几个剧场
同时上演不同的剧目
网络购票线下买票　观众络绎不绝

因循守旧与高科技创新
都脱离了现实的沃土
美轮美奂的舞台呈现
让人眼花缭乱
远离文学精髓的戏剧
曲折离奇之精彩曲目难得一睹
更缺乏灵光乍现直抵人心的佳作

戏剧本原演绎生活家长里短
烛照人类精神世界
一桌二椅　走街过市
抒平日之不敢言
畅叹平生之遗憾
嬉笑怒骂　叙述人生快事

隔靴搔痒的银屏永远无法跨越
大制作为皮毛焉附的关系
小人物亦可显人性光辉
游历曲折故事体味绵长
还是回归戏剧本源吧

绝代风华

——献给荀派传承人孙毓敏

这个美丽高雅的知性女子
以奶奶般高龄端坐在讲台
穆桂英尚在　高挑她的柳叶眉
纤纤玉手翘起兰花指
声音仍如黄莺出谷　婉转绕梁
让人惊叹她那一瞬的貌美傲花枝

在北京大兴文干院的一间教室
我只是她生命中两个半小时的过客
无法穿越她绚烂的岁月
尽管坦诚写在心间
掌声和鲜花的后花园
有些伤痛我们永远无从知晓

童谣　我对你说

花朵儿花朵儿我呀我告诉你
我的家乡杨柳青青
山坡盛放红玫瑰
勤劳农家牛羊肥
螳螂捕蝉�哝嗬断了腿
黄雀站树叫声翠
你说我的家乡美不美
美不美　哎呀呀美

小鸟儿小鸟儿我呀对你说
我的祖国朝晖夕霞呈祥瑞
和风轻拂雁南飞
稻穗飘香吐芳菲
蜻蜓知了哟呵排成队
牧歌唱晚众声醉
你说我的生活美不美
美不美　哎呀呀美

别告诉我那个角色是我

别告诉我那个鲜衣微笑的女子是我
也别指着那个蓬头如乱草暗夜悲泣的人
更别说那个瘦弱如无常飘飞的仙女
与那个矮小肥胖脸上长着黑锅灰的女子
还有那奔跑在公交车与菜市场的小女子
她们都是我　我们与小我

纤手如葱多劳作阳春五谷
经年后的枯瘦手掌多皱厚茧
这样的双手漏掉的不只是岁月
还有摇摇晃晃东倒西歪的心
你执意行走的方向
我不再认识我　不只是容颜

生活不是戏剧　戏剧可以演绎生活
角色随剧情决定变换生活　而你
跨越不了舞台人生的角色转换
说到角色　我只能是
女儿妻子母亲里自然生长的艾草
社交圈里的绸带　旗帜上的星空
都是凡俗日子中遗落的愿望

时间逃荒

有时的有时　又有时
时光总是在生非惹事
一声莺和就把孤舟坐实
花红柳绿将眼睛盈湿
逝去的再来的抱着日子粉饰
我却再不能写那首诗

有时的有时　又有时
誓言又一度光临往事
同一天体的中心的视觉
多少繁花被现实吞噬
湘江边看东流水潺潺
再来月色荷塘拾遗

六层半

M　在高楼的六楼与七楼之间
一样的层高　一堵墙分隔两半
与众不同的两弹城
一边办公区域肃穆一边酒店春色
只要大楼存在它就永驻　六层半
这个名称似乎给予了某种暗示

人们偶聚六层半聚义堂讨论
议题各不相同　参拜亦不同
交半道零落朋友　结半生缘
在明晃晃的灯光下高谈阔论
几杯浊酒下腹　未来如迷局
身在人烟里又仿佛置身乱世之外
大成未成　眼泪自动返回眼眶
在下半截子戏剧人生里
各种复杂的关系存续生活

一杯水的诗意

鱼对水的眷恋写进世人的眼睛里

我对你的思念隐藏在身体里

水漫金山是白娘子的爱情

而我只会在你

厌倦了灯红酒绿的生活

倦鸟归巢时

递上一杯温热的开水

一剪清月　一弯溪水

所谓伊人在水一方

跨越薄雾巫山瑶姬①的美善缘

终究做不成赫拉克利特②的徒子

踏入同一河流仍是痴

依然石桥一伞顾回眸

等你在秋凉的边界

兰亭　流水

执笔飞豪寄游丝

假设爱情有如果

给予的绝不是杯水主义

我的爱情

是一杯水的诗意

注：①瑶姬　炎帝的四女儿

　　②赫拉克利特　古希腊唯物主义哲学家

不堪一击的杯水主义

普通不过一杯水　水为生命之源
加入咖啡茶叶奶粉各种佐料
稻米加入适量清水煮沸
它们都有了新的名字
万物入水皆为另一物品
水无痕　物无涯

调制了红粉佳人　佳酿的酒
诱惑了放荡男女
追逐早期的杯水主义
被压抑的性释放为荒诞游戏
与爱情没有半毛钱关系
爱情与金钱也无关
金钱只是一种载体　杯水
为不耻扯上了爱情的遮羞布

与水结成联盟　物质
便是你对待生活的态度

让我热泪盈眶的是
母亲早上的一杯温开水
清澈透明　温度正好
故土　母亲与温暖
才是人生故事

关于抹布的同题诗

一

诗总是与远方走在一起
在平庸的生活中给人以遐想
要求以抹布来作同题诗
关于抹布这个寻常家什
无论富足还是贫穷的家庭
生活中不可或缺的
显然 现实却是
我们都以轻慢的态度藐视
它的存在或视而不见

据说 抹布登入诗歌殿堂
早在经年前热闹过一阵
最先的倡议者是一个木讷的愣头青
脱口而出却意外获得一致赞同
不知道是诗歌沦落尘土
还是草根窥探高雅皇冠
像哥伦布发现新大陆

诗人们按捺不住兴奋
吟诗作赋粉饰抹布

以此为题的诗歌里
有人把它喻作刘玄德的游戏
女人或者衣裳或者其他
丢失不惜　弃如敝屣
甚而自喻为抹布
二十一世纪被女人弃之
不知何处奏萧瑟
心底悲凉力透薄纸
冬日雾霾重重
奈何难以抹亮天空

抹布不知晓世间的喧嚣
仍站在丑陋与明艳之间
安分守己恪尽职守
呵呵　关于抹布
它注定是擦拭尘埃的命运
给了别人明亮美好
不惜沾染自身清白

在这混沌的世界
诗歌唤醒了我的关注
常怀怜悯之心　用84消毒
治疗被污染的抹布
可从内里驱除邪恶
保持良好洁净

只要你向往美好
终究质本还洁颜

二

抹布　以卑微的努力
拭遍世间污浊
仍不忍见尘埃埋葬明媚
以粉身碎骨的纯粹
向一切丑恶宣战
再在清水里漂净
向着那个恒定的目标
昂首挑战自我
直到苍老了伤残了
体力不支
挥手告别一生

股　市

必须有众人围观　踊跃
丛林法则　一堆元宝在招手
看不见的金手指在幕后
潮涨潮落　猫捉老鼠的游戏
那个从高楼呈抛物线向下的人
听信了蛇的谗言　充满幻想
诱惑浮士德的魔鬼不是同一个
仍然是勇士提着矛与风车战斗

海上的泡沫五彩斑斓
那座跨江大桥是豆腐渣工程
漠视　一干企业吹响集结号
共同上市筹得资金　钵满
到我碗里来吧　来吧
一夜暴富不再是神话
靡靡之音　不再是妖言惑众
裸体乞丐穿上皇帝新装

扇状的银杏叶呵轻飘飘

拂过山岗　漫过田野

稻草人风餐露宿在田垄上

金稻穗在秋天的阳光里咏唱

酒之歌

世间有此一物
将残饭烂梨以发酵的方式淹没
假以时日　异香氤氲空间
把栏杆拍遍
只闻来处　不见踪影

杜康也好　酒鬼也罢
各家多养女　娇媚众万千
茅台跨国夺冠天下傲
从此常驻仙家牧童村
月下独酌　云衣裳
红楼一梦诗话传

坊间后景一现
再以色泽香艳诱惑诸位
偏爱那个贪杯者　缭绕缠绵
描尽人间辛酸事
都道琼浆玉液皆有益
莫道不销魂

MEI
HUA
LUO

梅
花
落

第九辑 DIJIUJI

荏
苒

◉

稻粱谋

一

2017 年上班第一天
老实勤勉
没有工夫抬起头眺望
甚而没有时间去品
对面穿新衣的美女
太阳知趣地躲藏在云层里
不愿来拂扫我的办公桌面
满是待拆的书信
还有许多等待编发的稿件

这是我联络世界的主要途径
无法装卸之生活方式
更多的迷失　清风亦无解
不为稻粱　何谓安身
苏轼也曾开垦黄州东陇上
再吟诗歌　再行远方

二

有时候沉疴是一件良品
磨炼你的意志　坚定走世界
忙碌就是你最好的狙击枪
空虚　这个跳梁小丑
不会侵蚀你的肉身

阅读是精神的修道
审视自己也解构别人
写作更是一场逐猎的游戏
让人沉缅于幻梦的世界
把内心的感受付诸文字
最终完成自我救赎

三

我不种植粮食蔬菜水果
只是以文字来妩媚人
更多的时候是惶恐
因为文字也不是我生产的
那些鲜亮的闪烁的思想火花
都是智者的勤劳结晶

领略过汉唐的月色
梦想着做一个拓荒者
站在历史与未来的路口
谋一亩白云得一方净土
随同清风绿柳

耕种许多诗意的植物
再与世界架一座桥梁
种出一串串灿然的果实

岁　月

岁月这两个字
盛放着我所有的情感
每一秒时光
都是没有翻版的绝唱
那些曾被吟咏过的
全都是自然里开的花
是渲染在心底的葱茏

时光是美好的玫瑰
那个开满野花的青草地
一个读诗的清纯少女
落了一地的青涩
曾被风烟漫过的地方
和被染指的自然馨香
一直在幸福地生长着

阳光正暖暖地照着
旧时光里看不到未来的光亮

只是不经意遇见了
那个翻过山岗的青年
面似如玉露着迷人的笑颜

岁月这两个字
写满了我所有的悲喜
那些路过的温暖
由屋檐下滴答的雨珠串成
在每一个静谧的黄昏
滋养着生命的长青藤

一辈子仿佛眨眼间
风还在枝枝蔓蔓的长　仅
一个颤抖　心底就长出小手
在日落黄昏里扯回去
触摸到你的体温
那么鲜艳　那么媚红

一辈子又那么长那么长
长到找不到你的方向
再也找不到旧时的模样
山高水长平仅留韵　回味
让你从挣扎中解脱
成就了心底最深的寂寥
去思量今后的人生
水流花香

生活中没有闹钟

真的　真的　老了
老了的精神　肉身却
渴望着　期盼着
生活里没有闹钟
将每一天都浸染于国庆长假
日子却花样翻新
和风悠然拂过山岗
晨露歇憩青青草地
或来一场说走就走的旅行
思想如白驹
从此不再端着　不为利欲
做一只采菊东篱下的雀鸟
肉身坐于菩提
心亦安然

一样的时光不一样的日子

一样的时光长度
太阳依旧照常升起
只是排列在了岁末年初的后面
人们在鼎盛喧沸之后
养息休整　情绪仍在昨日的欢腾里
忽略你的真实你的岁月静好

一样的时光不一样的日子
逃离那个烟花与霓虹的世界
审视自己与岁月的相处
就像太阳与月亮
东君的玄晖不可或缺
玉弓的桂殿是我们梦之魂魄

有人喜欢热闹
我独爱这清旷原野的萧疏
加之山谷小溪潺潺流水
可以徒步的独木桥
在一幅山水画中留白
守住心的宁静

回　首

回首 2007 年的自己
或许是习惯于踯躅独行
更多的云淡风轻
拙守着自己的本真
在不经意的转角
遇到你不想要的伤痛
情感更是莫名其妙
半倚凭栏半钓月
空怀思国忧

没有远航的风轮　却高举着矛
逼着自己飙速前行
尖叫声冲破云霄
荒唐的言论堆在自己心上
集体与个人是非不分
万丈崖畔擦肩的幸运
永远不是你想要的
你的日子写满江边潮
相对无语花无期

抛却琐碎的日子
抵抗着命运的不怀好意
静候所有的美好
不怨怼生命中的错过
一切都是最好的安排
善意与真实的风景
感恩岁月百味馈赠
不上城楼强欢语

再学黄莺发声　丛林
面对空谷喊话
那是自己的声音　回声绵长
我站在 2007 年末梢
拉近不期而至的温暖
日子常新　太阳高升
2008　你好

跨年放飞梦想

总是有一个时间段
思绪泾渭分明
在新旧之间划一道虚线
如若只是悲悯
我更想扯住年轮的尾巴
影子且请慢慢行
有诗为证再行远方

岁月像是飘零的树叶
埋在泥土待来年
瘦了沟壑爬上额头
半辈青春蹉跎月
新雪便压弯了树的枝头
时光太匆匆

其实只是岁月纪事
只是年纪又长了一岁
在太阳冲破黑暗的黎明

日子还是新鲜水嫩

或许邂逅爱情　际遇成功

只要你不是妄论青春

月圆挂枝头

抓不住的旧岁月

可在笔墨延伸　无限

刻下你灵魂与思考的容颜

风不过耳

在热闹的跨年夜

放飞手中的红气球

任梦想飞翔

祝福 2017

2017 年的元旦花开盛放
阿波罗骑着骏马踏歌而至
总有一种遇见让你心花绽放
忙碌的日子各种纷扰喧嚣
但仍有一个温软的地方装着你我
勿忘岁月年华

一生中我们有许多这样的日子
借春华秋实卸下烦忧
与至爱亲朋深吟浅语
这成长或老去的步伐
多一些温暖少一点悲伤
愿你在尘世灵魂轻盈
心如莲花　岁月静好

除旧岁

尖利的呼啸声划破寒冬的苍穹
此起彼伏的烟花爆竹盛放在空中
驱赶形若狮子的怪兽
最是浓彩重墨时
普天华人用大红的颜色
贴新桃换旧符

雪霜不护枯枝银杏
悄启梅香柳色
欢乐不曾隐声
在每一扇喧闹鼎沸的窗帘后
高举酒杯欲向尊者歌福寿
祈祷新年明天万色丽

虞舜用一种糖的甘甜
传承中华文化的精髓
万家团聚　迎禧接福
各种祭拜与禁忌
穿鲜艳衣服的仪式
调亮冬日的色阶
点燃最真实的人间烟火

渴望下一场雪

寒流以叠加的方式推进
狂风也以不正经的态势演绎
十面埋伏　四面楚歌
人们预测了气温的骤降
渴望着下一场大雪
皑皑白雪只为覆盖污浊

经历了呼啸的夜晚
醒来依旧倾盆斜雨
树枝群魔乱舞
雪花没有飘落窗台
雾霾笼罩重重
令我窒息

南方　我生活的星城
像大陆漂移转换了版图
在酷热与亚热气候的暧昧地带
经年褪去了儿时冬天的冰凌
少了白雪皑皑的梦幻堆积
四季不再分明

爱雪的人本该去北方乘坐雪橇
身体却流连南方享受阳光
在温室里打造冰雪天地
忽悠了众多叶公好龙的游子
勿晓　勿晓
我们都是龙腾虎跃的传人

还是下一场大雪吧
收敛起雾霾与暴雨的钩心斗角
背后放冷箭　射杀动物的阴险猎人
让其囚禁在牢中修炼本心
纯真无邪的孩童
在银装素裹的世界里快乐地堆雪人

岁月的声响

喧嚣的城市
艳红贴满窗台
五德承载着不同的焰光
堆积所有的笑容
忘却庸常生活的烦忧
寡淡的日子妆就鲜彩图画

银装素裹梅花最俏时
漂泊异乡的游子
让思乡真实地走在路上
跋山涉水身归故里
只要他能找到回家的路
内心始终都是幸福的

盛妆美艳的不只是节日
醉舞乡土深处新年时光
是你我成长的过程
再撞击出岁月的声响

栽种在自己的土地上

烟花最绚灿的时候
仍希望不仅是庆典的日子
我企盼掘出一点花蕊的意义
2017　从此刻起
新的人生扬帆起航
晨鸡高歌奏　勤勉努力尽春早
轻嘬一杯清茶自安好
或听一曲梵音写人生

岁月静好

阳光总有些缠绵
在丹桂飘香的午后
侵扰了我的窗台书案
天空一行人字雁悄无声息地飞
目光一追随　思绪当走私
惊艳的文字便散落了一地

常怀想如若有一天
被苍凉抚尽
腻歪了灯红酒绿
我便与一个懂得的人
寻一个有桃花潭水的小镇
在岁月的溪水边等你
用一颗干净的心感怀风月

那时　我们依旧是那个
闲庭信步的饮食男女
茅屋篱笆素心对兰花

悉听细雨敲窗棂
用往来的诗歌遨游
谱一曲雨后彩虹

于莲花开的季节
以一壶茶相谈甚欢
不惊动指尖上的时光
不为风月情浓
只愿山绵水阔知你处
天涯雪域岁月静好

炊烟思

春分
万物与生灵
一半清醒一半沉睡
从荒谬分裂的乖讹形式中
舒展充满水分的丰盈

旅行
我们带上一双踏青的脚
在一次又一次的风景中逃离
在云朵后面寻找自然的和谐之美
身体是思绪的反向
惊觉现实与理想的背离

秋收
积累了半辈子的心血
只为了一季的浪漫
在所有关于年轮的哲学讨论里
勤劳才是岁月最好的见证

不负年华　不负青春

冬雪
把全部的怨念碾碎了
无风也学蒲公英漫天飞絮
掩饰所有的棱角一统天下
你说世间谁最牛　不服么
一念成冰　无关风月

雪花不在春天飘零

三月的脸善变　运送花蕊的车还在路上
狂风卷跑了阳光　苍老的天空就皱了眉头
人们急忙裹紧了身体　一个响亮的喷嚏声
究竟还是经不起念叨　倒春寒来了
一场突变的风给向阳的窗台镀上了冰花
雪花本不在春天飘零　冻伤了早春的禾苗
是一场霜引诱了雪花　树枝肉身沉重

积雪覆盖的茅屋上那一抹轻烟挂在上世纪
像笛子吹奏时　桃枝上升起的悠长冷雾
那重重叠叠的热望不足以融化　冰河下
滞呆的鱼虾与水草的悲哀　甚至笑谈中
奔跑的马蹄声正踏碎水洼上透明的薄冰
那些蠢蠢欲动的虫子同样遭到猎杀
盼望秋收的农民站在冰河与冻土的交汇处

白了的天地多犬狺的黄昏
我了解云的饥饿　狂风里头发已凌乱

半陷在泥泞里　我们都披着蓑衣
稻草人般呆立在阡陌的田间　绝不
跟随四处游荡的浮魂　悄悄地
说故乡的瘦田里有积雪覆盖的嫩绿
任水珠从我头顶的雪线淙淙流过

一场不合时宜的雪　让人烦忧
在遥远的　遥远的故乡　每一个
日出日落时刻　高扬的牛鞭划破风的寂静
一定有女子快乐地哼着牧歌
晾起朴素的农装　因为对稻花的爱意
我不再围坐在火炉旁低诉哀伤　让
每一朵雪花最后都归于故事　任时光流转

北　上

冬日晨雾浓稠时　回望
穿过的长沙街道
嘈杂的汽车声碾暴尘埃
担心北上的风冻僵南去的客
穿着厚重笨拙的衣服
拖着沉重而鲜艳的行囊
望着南来北往的车辆与行人
我在行途中思绪万千
心儿也分成两花瓣
纷飞飘扬的眼　眺望
走不了的是牵挂

其实我们每天都在奔走
无论是在原地还是远方
有时是肉身　有时是思想
伴着容颜和生命的形状
在时空里悄然刷新
飞驰的高铁于不同的站台
变换表情　北上
在无常中释放空灵

这一天总会来临

有一天　这一天总会来临
我注定要置于分裂的状态
一个小我一个大我一直存在我的体内
我的半边脸浸染于黑暗受着魔鬼的诱惑
另半边脸面朝太阳追逐明媚的光明
渔夫的贪婪与欲望
在一间密封的空间里自由地疯长

炊烟于白日里发青　在一抹秋色朦胧里
他们的样子复原扭曲变形　却如影随形
当阴谋蓄意已久　阴霾便在头顶盘亘
让我心慌的却是——挥剑者瞪大的眼睛
流血的不只是身体　被尖刀刺破的是心脏
那看不见的丑陋却隐藏在脸的一侧
另一半朝着自由与爱的方向
疼痛不见形状　却在岁月中变换表情

这一天总会来临
阴霾暂时离开了他的花园　在时间深处
目睹了人世间的离合与悲欢⋯⋯

这个蓦然出现的幽灵　掠夺的是
我的灵魂　寄居者与魔鬼交上朋友
背负着这样的罪孽　我注定了
没有选择　在我没有选择的时候
一阵寒风突袭　雪花也能划破我们的肌肤

某个时光穿过河流的我
梦游在洒满星光的原野
放纵被恶魔吞噬的灵魂
当肉体流出鲜血的时刻
灵魂又偏偏被尖刀刺穿
这两者的伤痛哪个更甚

这一天总会来临
无论美丽与丑陋　时光在前行
生活日志向你招手　唯有坚持
唯有斗争才有胜者　当我们
那黑色的意识即将沉降的片刻
恶魔便扇动他那巨大的翅膀
从深渊里升腾复活
世界死亡般的寂静

际遇让我们沉湎　思绪万千
世间所有的风物昨日不复　虽然
太阳有时会失约　黑夜每天降临
鲜花依然会绽放在相应季节
于岁月的颠簸中保持纯真
在熙熙攘攘的人海里洗尽铅华

这一天总会来临

太阳终将升起　真相大白于天下

以另一种方式在我们身后悄悄地消失

雪花飘落的夜晚　梅花悄然地绽放

有人看见了　春姑娘

穿着彩衣　驾着马车……

雪地上　有每个人欢乐的影子

迎接春天的到来